Albert Camus

L'Étranger

Dossier réalisé par
Mériam Korichi

Lecture d'image par
Agnès Verlet

Mériam Korichi, née en 1973, est agrégée de philosophie. En 2000, elle publie *Les Passions* dans la collection Corpus de Garnier-Flammarion. En 2003, elle soutient une thèse sur Spinoza. Elle s'oriente depuis vers la mise en scène de théâtre.

Maître de conférences en littérature française à l'université de Provence (Aix-Marseille I), **Agnès Verlet** centre de plus en plus ses recherches sur les rapports entre la littérature et les arts plastiques (peinture, sculpture). Elle travaille également sur la mémoire, l'inscription, la trace. Dans ce double registre, elle est l'auteur des *Vanités de Chateaubriand* (Droz, 2001), et de *Pierres parlantes, florilège d'épitaphes parisiennes* (Paris-Musées, 2000). Collaborant au *Magazine littéraire* et à *Europe*, elle a publié un roman et des nouvelles.

Couverture : Edward Hopper, *Conference at night*. Wichita Art Museum, Wichita, Kansas. Photo © AKG-Images.

Sommaire

L'Étranger

Première partie

I

Aujourd'hui, maman est morte. Ou peut-être hier, je ne sais pas. J'ai reçu un télégramme de l'asile : « Mère décédée. Enterrement demain. Sentiments distingués. » Cela ne veut rien dire. C'était peut-être hier.

L'asile de vieillards est à Marengo, à quatre-vingts kilomètres d'Alger. Je prendrai l'autobus à deux heures et j'arriverai dans l'après-midi. Ainsi, je pourrai veiller et je rentrerai demain soir. J'ai demandé deux jours de congé à mon patron et il ne pouvait pas me les refuser avec une excuse pareille. Mais il n'avait pas l'air content. Je lui ai même dit : « Ce n'est pas de ma faute. » Il n'a pas répondu. J'ai pensé alors que je n'aurais pas dû lui dire cela. En somme, je n'avais pas à m'excuser. C'était plutôt à lui de me présenter ses condoléances. Mais il le fera sans doute après-demain, quand il me verra en deuil. Pour le moment, c'est un peu comme si maman n'était pas morte. Après l'enterrement, au contraire, ce sera une affaire classée et tout aura revêtu une allure plus officielle.

J'ai pris l'autobus à deux heures. Il faisait très chaud.

J'ai mangé au restaurant, chez Céleste, comme d'habitude. Ils avaient tous beaucoup de peine pour moi et Céleste m'a dit : « On n'a qu'une mère. » Quand je suis parti, ils m'ont accompagné à la porte. J'étais un peu étourdi parce qu'il a fallu que je monte chez Emmanuel pour lui emprunter une cravate noire et un brassard. Il a perdu son oncle, il y a quelques mois.

J'ai couru pour ne pas manquer le départ. Cette hâte, cette course, c'est à cause de tout cela sans doute, ajouté aux cahots, à l'odeur d'essence, à la réverbération de la route et du ciel, que je me suis assoupi. J'ai dormi pendant presque tout le trajet. Et quand je me suis réveillé, j'étais tassé contre un militaire qui m'a souri et qui m'a demandé si je venais de loin. J'ai dit « oui » pour n'avoir plus à parler.

L'asile est à deux kilomètres du village. J'ai fait le chemin à pied. J'ai voulu voir maman tout de suite. Mais le concierge m'a dit qu'il fallait que je rencontre le directeur. Comme il était occupé, j'ai attendu un peu. Pendant tout ce temps, le concierge a parlé et ensuite, j'ai vu le directeur : il m'a reçu dans son bureau. C'est un petit vieux, avec la Légion d'honneur. Il m'a regardé de ses yeux clairs. Puis il m'a serré la main qu'il a gardée si longtemps que je ne savais trop comment la retirer. Il a consulté un dossier et m'a dit : « Mme Meursault est entrée ici il y a trois ans. Vous étiez son seul soutien. » J'ai cru qu'il me reprochait quelque chose et j'ai commencé à lui expliquer. Mais il m'a interrompu : « Vous n'avez pas à vous justifier, mon cher enfant. J'ai lu le dossier de votre mère. Vous ne pouviez subvenir à ses besoins. Il lui fallait une garde. Vos salaires sont modestes. Et tout compte fait, elle était plus heureuse ici. » J'ai dit : « Oui, monsieur le Directeur. » Il a ajouté : « Vous savez, elle avait des amis, des gens de son âge. Elle pouvait partager avec eux des intérêts qui sont d'un autre temps. Vous êtes jeune et elle devait s'ennuyer avec vous. »

C'était vrai. Quand elle était à la maison, maman passait son temps à me suivre des yeux en silence. Dans les premiers jours où elle était à l'asile, elle pleurait souvent. Mais c'était à cause de l'habitude. Au bout de quelques mois, elle aurait pleuré si on l'avait retirée de l'asile. Toujours à cause de l'habitude. C'est un peu pour cela que dans la dernière année je n'y suis presque plus allé. Et aussi parce que cela me prenait mon dimanche — sans compter l'effort pour aller à l'autobus, prendre des tickets et faire deux heures de route.

Le directeur m'a encore parlé. Mais je ne l'écoutais presque plus. Puis il m'a dit : « Je suppose que vous voulez voir votre mère. » Je me suis levé sans rien dire et il m'a précédé vers la porte. Dans l'escalier, il m'a expliqué : « Nous l'avons transportée dans notre petite morgue. Pour ne pas impressionner les autres. Chaque fois qu'un pensionnaire meurt, les autres sont nerveux pendant deux ou trois jours. Et ça rend le service difficile. » Nous avons traversé une cour où il y avait beaucoup de vieillards, bavardant par petits groupes. Ils se taisaient quand nous passions. Et derrière nous, les conversations reprenaient. On aurait dit un jacassement assourdi de perruches. À la porte d'un petit bâtiment, le directeur m'a quitté : « Je vous laisse, monsieur Meursault. Je suis à votre disposition dans mon bureau. En principe, l'enterrement est fixé à dix heures du matin. Nous avons pensé que vous pourrez ainsi veiller la disparue. Un dernier mot : votre mère a, paraît-il, exprimé souvent à ses compagnons le désir d'être enterrée religieusement. J'ai pris sur moi de faire le nécessaire. Mais je voulais vous en informer. » Je l'ai remercié. Maman, sans être athée, n'avait jamais pensé de son vivant à la religion.

Je suis entré. C'était une salle très claire, blanchie à la chaux et recouverte d'une verrière. Elle était meublée de chaises et de chevalets en forme de X. Deux d'entre eux, au centre, supportaient une bière recouverte de son couvercle. On voyait seulement des vis brillantes, à peine enfoncées, se détacher sur les planches passées au brou de noix. Près de la bière, il y avait une infirmière arabe en sarrau blanc, un foulard de couleur vive sur la tête.

À ce moment, le concierge est entré derrière mon dos. Il avait dû courir. Il a bégayé un peu : « On l'a couverte, mais je dois dévisser la bière pour que vous puissiez la voir. » Il s'approchait de la bière quand je l'ai arrêté. Il m'a dit : « Vous ne voulez pas ? » J'ai répondu : « Non. » Il s'est interrompu et j'étais gêné parce que je sentais que je n'aurais pas dû dire cela. Au bout d'un moment, il m'a regardé et il m'a demandé : « Pourquoi ? » mais sans reproche, comme s'il s'informait. J'ai dit : « Je ne sais pas. » Alors, tortillant sa moustache blanche, il a déclaré sans me regarder : « Je comprends. » Il avait de beaux yeux, bleu clair, et un teint un peu rouge. Il m'a donné une chaise et lui-même s'est assis un peu en arrière de moi. La garde s'est levée et s'est dirigée vers la sortie. À ce moment, le concierge m'a dit : « C'est un chancre qu'elle a. » Comme je ne comprenais pas, j'ai regardé l'infirmière et j'ai vu qu'elle portait sous les yeux un bandeau qui faisait le tour de la tête. À la hauteur du nez, le bandeau était plat. On ne voyait que la blancheur du bandeau dans son visage.

Quand elle est partie, le concierge a parlé : « Je vais vous laisser seul. » Je ne sais pas quel geste j'ai fait, mais il est resté, debout derrière moi. Cette présence dans mon dos me gênait. La pièce était pleine d'une belle lumière de fin d'après-midi. Deux frelons bourdonnaient contre la verrière. Et je sentais le sommeil me gagner. J'ai dit au concierge, sans me retourner vers lui : « Il y a longtemps que vous êtes là ? » Immédiatement, il a répondu : « Cinq ans » — comme s'il avait attendu depuis toujours ma demande.

Ensuite, il a beaucoup bavardé. On l'aurait bien étonné en lui disant qu'il finirait concierge à l'asile de Marengo. Il avait soixante-quatre ans et il était parisien. À ce moment je l'ai interrompu : « Ah ! vous n'êtes pas d'ici ? » Puis je me suis souvenu qu'avant de me conduire chez le directeur, il m'avait parlé de maman. Il m'avait dit qu'il fallait l'enterrer très vite, parce que dans la plaine il faisait chaud, surtout dans ce pays. C'est alors qu'il m'avait appris qu'il avait vécu à Paris et qu'il avait du mal à l'oublier. À Paris, on reste avec le mort trois, quatre jours quelquefois. Ici on n'a pas le temps, on ne s'est pas fait à l'idée que déjà il faut courir derrière le corbillard. Sa femme lui avait dit alors : « Tais-toi, ce ne sont pas des choses à raconter à monsieur. » Le vieux avait rougi et s'était excusé. J'étais intervenu pour dire : « Mais non. Mais non. » Je trouvais ce qu'il racontait juste et intéressant.

Dans la petite morgue, il m'a appris qu'il était entré à l'asile comme indigent. Comme il se sentait valide, il s'était proposé pour cette place de concierge. Je lui ai fait remarquer qu'en somme il était un pensionnaire. Il m'a dit que non. J'avais déjà été frappé par la façon qu'il avait de dire : « ils », « les autres », et plus rarement « les vieux », en parlant des pensionnaires dont certains n'étaient pas plus âgés que lui. Mais naturellement, ce n'était pas la même chose. Lui était concierge, et, dans une certaine mesure, il avait des droits sur eux.

La garde est entrée à ce moment. Le soir était tombé brusquement. Très vite, la nuit s'était épaissie au-dessus de la verrière. Le concierge a tourné le commutateur et j'ai été aveuglé par l'éclaboussement soudain de la lumière. Il m'a invité à me rendre au réfectoire pour dîner. Mais je n'avais pas faim. Il m'a offert alors d'apporter une tasse de café au lait. Comme j'aime beaucoup le café au lait, j'ai accepté et il est revenu un moment après avec un plateau. J'ai bu. J'ai eu alors envie de fumer. Mais j'ai hésité parce que je ne savais pas si je pouvais le faire devant maman. J'ai réfléchi, cela n'avait aucune importance. J'ai offert une cigarette au concierge et nous avons fumé.

À un moment, il m'a dit : « Vous savez, les amis de madame votre mère vont venir la veiller aussi. C'est la coutume. Il faut que j'aille chercher des chaises et du café noir. » Je lui ai demandé si on pouvait éteindre une des lampes. L'éclat de la lumière sur les murs blancs me fatiguait. Il m'a dit que ce n'était pas possible. L'installation était ainsi faite : c'était tout ou rien. Je n'ai plus beaucoup fait attention à lui. Il est sorti, est revenu, a disposé des chaises. Sur l'une d'elles, il a empilé des tasses autour d'une cafetière. Puis il s'est assis en face de moi, de l'autre côté de maman. La garde était aussi au fond, le dos tourné. Je ne voyais pas ce qu'elle faisait. Mais au mouvement de ses bras, je pouvais croire qu'elle tricotait. Il faisait doux, le café m'avait réchauffé et par la porte ouverte entrait une odeur de nuit et de fleurs. Je crois que j'ai somnolé un peu.

C'est un frôlement qui m'a réveillé. D'avoir fermé les yeux, la pièce m'a paru encore plus éclatante de blancheur. Devant moi, il n'y avait pas une ombre et chaque objet, chaque angle, toutes les courbes se dessinaient avec une pureté blessante pour les yeux. C'est à ce moment que les amis de maman sont entrés. Ils étaient en tout une dizaine, et ils glissaient en silence dans cette lumière aveuglante. Ils se sont assis sans qu'aucune chaise grinçât. Je les voyais comme je n'ai jamais vu personne et pas un détail de leurs visages ou de leurs habits ne m'échappait. Pourtant je ne les entendais pas et j'avais peine à croire à leur réalité. Presque toutes les femmes portaient un tablier et le cordon qui les serrait à la taille faisait encore ressortir leur ventre bombé. Je n'avais encore jamais remarqué à quel point les vieilles femmes pouvaient avoir du ventre. Les hommes étaient presque tous très maigres et tenaient des cannes. Ce qui me frappait dans leurs visages, c'est que je ne voyais pas leurs yeux, mais seulement une lueur sans éclat au milieu d'un nid de rides. Lorsqu'ils se sont assis, la plupart m'ont regardé et ont hoché la tête avec gêne, les lèvres toutes mangées par leur bouche sans dents, sans que je puisse savoir s'ils me saluaient ou s'il s'agissait d'un tic. Je crois plutôt qu'ils me saluaient. C'est à ce moment que je me suis aperçu qu'ils étaient tous assis en face de moi à dodeliner de la tête, autour du concierge. J'ai eu un moment l'impression ridicule qu'ils étaient là pour me juger.

Peu après, une des femmes s'est mise à pleurer. Elle était au second rang, cachée par une de ses compagnes, et je la voyais mal. Elle pleurait à petits cris, régulièrement : il me semblait qu'elle ne s'arrêterait jamais. Les autres avaient l'air de ne pas l'entendre. Ils étaient affaissés, mornes et silencieux. Ils regardaient la bière ou leur canne, ou n'importe quoi, mais ils ne regardaient que cela. La femme pleurait toujours. J'étais très étonné parce que je ne la connaissais pas. J'aurais voulu ne plus l'entendre. Pourtant je n'osais pas le lui dire. Le concierge s'est penché vers elle, lui a parlé, mais elle a secoué la tête, a bredouillé quelque chose, et a continué de pleurer avec la même régularité. Le concierge est venu alors de mon côté. Il s'est assis près de moi. Après un assez long moment, il m'a renseigné sans me regarder : « Elle était très liée avec madame votre mère. Elle dit que c'était sa seule amie ici et que maintenant elle n'a plus personne. »

Nous sommes restés un long moment ainsi. Les soupirs et les sanglots de la femme se faisaient plus rares. Elle reniflait beaucoup. Elle s'est tue enfin. Je n'avais plus sommeil, mais j'étais fatigué et les reins me faisaient mal. À présent c'était le silence de tous ces gens qui m'était pénible. De temps en temps seulement, j'entendais un bruit singulier et je ne pouvais comprendre ce qu'il était. À la longue, j'ai fini par deviner que quelques-uns d'entre les vieillards suçaient l'intérieur de leurs joues et laissaient échapper ces clappements bizarres. Ils ne s'en apercevaient pas tant ils étaient absorbés dans leurs pensées. J'avais même l'impression que cette morte, couchée au milieu d'eux, ne signifiait rien à leurs yeux. Mais je crois maintenant que c'était une impression fausse.

Nous avons tous pris du café, servi par le concierge. Ensuite, je ne sais plus. La nuit a passé. Je me souviens qu'à un moment j'ai ouvert les yeux et j'ai vu que les vieillards dormaient tassés sur eux-mêmes, à l'exception d'un seul qui, le menton sur le dos de ses mains agrippées à la canne, me regardait fixement comme s'il n'attendait que mon réveil. Puis j'ai encore dormi. Je me suis réveillé parce que j'avais de plus en plus mal aux reins. Le jour glissait sur la verrière. Peu après, l'un des vieillards s'est réveillé et il a beaucoup toussé. Il crachait dans un grand mouchoir à carreaux et chacun de ses crachats était comme un arrachement. Il a réveillé les autres et le concierge a dit qu'ils devraient partir. Ils se sont levés. Cette veille incommode leur avait fait des visages de cendre. En sortant, et à mon grand étonnement, ils m'ont tous serré la main — comme si cette nuit où nous n'avions pas échangé un mot avait accru notre intimité.

J'étais fatigué. Le concierge m'a conduit chez lui et

j'ai pu faire un peu de toilette. J'ai encore pris du café au lait qui était très bon. Quand je suis sorti, le jour était complètement levé. Au-dessus des collines qui séparent Marengo de la mer, le ciel était plein de rougeurs. Et le vent qui passait au-dessus d'elles apportait ici une odeur de sel. C'était une belle journée qui se préparait. Il y avait longtemps que j'étais allé à la campagne et je sentais quel plaisir j'aurais pris à me promener s'il n'y avait pas eu maman.

Mais j'ai attendu dans la cour, sous un platane. Je respirais l'odeur de la terre fraîche et je n'avais plus sommeil. J'ai pensé aux collègues du bureau. À cette heure, ils se levaient pour aller au travail : pour moi c'était toujours l'heure la plus difficile. J'ai encore réfléchi un peu à ces choses, mais j'ai été distrait par une cloche qui sonnait à l'intérieur des bâtiments. Il y a eu du remue-ménage derrière les fenêtres, puis tout s'est calmé. Le soleil était monté un peu plus dans le ciel : il commençait à chauffer mes pieds. Le concierge a traversé la cour et m'a dit que le directeur me demandait. Je suis allé dans son bureau. Il m'a fait signer un certain nombre de pièces. J'ai vu qu'il était habillé de noir avec un pantalon rayé. Il a pris le téléphone en main et il m'a interpellé : « Les employés des pompes funèbres sont là depuis un moment. Je vais leur demander de venir fermer la bière. Voulez-vous auparavant voir votre mère une dernière fois ? » J'ai dit non. Il a ordonné dans le téléphone en baissant la voix : « Figeac, dites aux hommes qu'ils peuvent aller. »

Ensuite il m'a dit qu'il assisterait à l'enterrement et je l'ai remercié. Il s'est assis derrière son bureau, il a croisé ses petites jambes. Il m'a averti que moi et lui serions seuls, avec l'infirmière de service. En principe, les pensionnaires ne devaient pas assister aux enterrements. Il les laissait seulement veiller : « C'est une question d'humanité », a-t-il remarqué. Mais en l'espèce, il avait accordé l'autorisation de suivre le convoi à un vieil ami de maman : « Thomas Pérez. » Ici, le directeur a souri. Il m'a dit : « Vous comprenez, c'est un sentiment un peu puéril. Mais lui et votre mère ne se quittaient guère. À l'asile, on les plaisantait, on disait à Pérez : "C'est votre fiancée." Lui riait. Ça leur faisait plaisir. Et le fait est que la mort de Mme Meursault l'a beaucoup affecté. Je n'ai pas cru devoir lui refuser l'autorisation. Mais sur le conseil du médecin visiteur, je lui ai interdit la veillée d'hier. »

Nous sommes restés silencieux assez longtemps. Le directeur s'est levé et a regardé par la fenêtre de son bureau. À un moment, il a observé : « Voilà déjà le curé de Marengo. Il est en avance. » Il m'a prévenu qu'il faudrait au moins trois quarts d'heure de marche pour aller à l'église qui est au village même. Nous sommes descendus. Devant le bâtiment, il y avait le curé et deux enfants de chœur. L'un de ceux-ci tenait un encensoir et le prêtre se baissait vers lui pour régler la longueur de la chaîne d'argent. Quand nous sommes arrivés, le prêtre s'est relevé. Il m'a appelé « mon fils » et m'a dit quelques mots. Il est entré ; je l'ai suivi.

J'ai vu d'un coup que les vis de la bière étaient enfoncées et qu'il y avait quatre hommes noirs dans la pièce. J'ai entendu en même temps le directeur me dire que la voiture attendait sur la route et le prêtre commencer ses prières. À partir de ce moment, tout est allé très vite. Les hommes se sont avancés vers la bière avec un drap. Le prêtre, ses suivants, le directeur et moi-même sommes sortis. Devant la porte, il y avait une dame que je ne connaissais pas : « M. Meursault », a dit le directeur. Je n'ai pas entendu le nom de cette dame et j'ai compris seulement qu'elle était infirmière déléguée. Elle a incliné sans un sourire son visage osseux et long. Puis nous nous sommes rangés pour laisser passer le corps. Nous avons suivi les porteurs et nous sommes sortis de l'asile. Devant la porte, il y avait la voiture. Vernie, oblongue et brillante, elle faisait penser à un plumier. À côté d'elle, il y avait l'ordonnateur, petit homme aux habits ridicules, et un vieillard à l'allure empruntée. J'ai compris que c'était M. Pérez. Il avait un feutre mou à la calotte ronde et aux ailes larges (il l'a ôté quand la bière a passé la porte), un costume dont le pantalon tire-bouchonnait sur les souliers et un nœud d'étoffe noire trop petit pour sa chemise à grand col blanc. Ses lèvres tremblaient au-dessous d'un nez truffé de points noirs. Ses cheveux blancs assez fins laissaient passer de curieuses oreilles ballantes et mal ourlées dont la couleur rouge sang dans ce visage blafard me frappa. L'ordonnateur nous donna nos places. Le curé marchait en avant, puis la voiture. Autour d'elle, les quatre hommes. Derrière, le directeur, moi-même et, fermant la marche, l'infirmière déléguée et M. Pérez.

Le ciel était déjà plein de soleil. Il commençait à peser sur la terre et la chaleur augmentait rapidement. Je ne sais pas pourquoi nous avons attendu assez longtemps avant de nous mettre en marche. J'avais chaud sous mes vêtements sombres. Le petit vieux, qui s'était recouvert, a de nouveau ôté son chapeau. Je m'étais un peu tourné de son côté, et je le regardais lorsque le directeur m'a parlé de lui. Il m'a dit que souvent ma mère et M. Pérez allaient se promener le soir jusqu'au village, accompagnés d'une infirmière. Je regardais la campagne autour de moi. À travers les lignes de cyprès qui menaient aux collines près du ciel, cette terre rousse et verte, ces maisons rares et bien dessinées, je comprenais maman. Le soir, dans ce pays, devait être comme une trêve mélancolique. Aujourd'hui, le soleil débordant qui faisait tressaillir le paysage le rendait inhumain et déprimant.

Nous nous sommes mis en marche. C'est à ce moment que je me suis aperçu que Pérez claudiquait légèrement. La voiture, peu à peu, prenait de la vitesse et le vieillard perdait du terrain. L'un des hommes qui entouraient la voiture s'était laissé dépasser aussi et marchait maintenant à mon niveau. J'étais surpris de la rapidité avec laquelle le soleil montait dans le ciel. Je me suis aperçu qu'il y avait déjà longtemps que la campagne bourdonnait du chant des insectes et de crépitements d'herbe. La sueur coulait sur mes joues. Comme je n'avais pas de chapeau, je m'éventais avec mon mouchoir. L'employé des pompes funèbres m'a dit alors quelque chose que je n'ai pas entendu. En même temps, il s'essuyait le crâne avec un mouchoir qu'il tenait dans sa main gauche, la main droite soulevant le bord de sa casquette. Je lui ai dit : « Comment ? » Il a répété en montrant le ciel : « Ça tape. » J'ai dit : « Oui. » Un peu après, il m'a demandé : « C'est votre mère qui est là ? » J'ai encore dit : « Oui. » « Elle était vieille ? » J'ai répondu : « Comme ça », parce que je ne savais pas le chiffre exact. Ensuite, il s'est tu. Je me suis retourné et j'ai vu le vieux Pérez à une cinquantaine de mètres derrière nous. Il se hâtait en balançant son feutre à bout de bras. J'ai regardé aussi le directeur. Il marchait avec beaucoup de dignité, sans un geste inutile. Quelques gouttes de sueur perlaient sur son front, mais il ne les essuyait pas.

Il me semblait que le convoi marchait un peu plus vite. Autour de moi c'était toujours la même campagne lumineuse gorgée de soleil. L'éclat du ciel était insoutenable. À un moment donné, nous sommes passés sur une partie de la route qui avait été récemment refaite. Le soleil avait fait éclater le goudron. Les pieds y enfonçaient et laissaient ouverte sa pulpe brillante. Au-dessus de la voiture, le chapeau du cocher, en cuir bouilli, semblait avoir été pétri dans cette boue noire. J'étais un peu perdu entre le ciel bleu et blanc et la monotonie de ces couleurs, noir gluant du goudron ouvert, noir terne des habits, noir laqué de la voiture. Tout cela, le soleil, l'odeur de cuir et de crottin de la voiture, celle du vernis et celle de l'encens, la fatigue d'une nuit d'insomnie, me troublait le regard et les idées. Je me suis retourné une fois de plus : Pérez m'a paru très loin, perdu dans une nuée de chaleur, puis je ne l'ai plus aperçu. Je l'ai cherché du regard et j'ai vu qu'il avait quitté la route et pris à travers champs. J'ai constaté aussi que devant moi la route tournait. J'ai compris que Pérez qui connaissait le pays coupait au plus court pour nous rattraper. Au tournant il nous avait rejoints. Puis nous l'avons perdu. Il a repris encore à travers champs et comme cela plusieurs fois. Moi, je sentais le sang qui me battait aux tempes.

Tout s'est passé ensuite avec tant de précipitation, de certitude et de naturel, que je ne me souviens plus de rien. Une chose seulement : à l'entrée du village, l'infirmière déléguée m'a parlé. Elle avait une voix singulière qui n'allait pas avec son visage, une voix mélodieuse et tremblante. Elle m'a dit : « Si on va doucement, on risque une insolation. Mais si on va trop vite, on est en transpiration et dans l'église on attrape un chaud et froid. » Elle avait raison. Il n'y avait pas d'issue. J'ai encore gardé quelques images de cette journée : par exemple, le visage de Pérez quand, pour la dernière fois, il nous a rejoints près du village. De grosses larmes d'énervement et de peine ruisselaient sur ses joues. Mais, à cause des rides, elles ne s'écoulaient pas. Elles s'étalaient, se rejoignaient et formaient un vernis d'eau sur ce visage détruit. Il y a eu encore l'église et les villageois sur les trottoirs, les géraniums rouges sur les tombes du cimetière, l'évanouissement de Pérez (on eût dit un pantin disloqué), la terre couleur de sang qui roulait sur la bière de maman, la chair blanche des racines qui s'y mêlaient, encore du monde, des voix, le village, l'attente devant un café, l'incessant ronflement du moteur, et ma joie quand l'autobus est entré dans le nid de lumières d'Alger et que j'ai pensé que j'allais me coucher et dormir pendant douze heures.

2

En me réveillant, j'ai compris pourquoi mon patron avait l'air mécontent quand je lui ai demandé mes deux jours de congé : c'est aujourd'hui samedi. Je l'avais pour ainsi dire oublié, mais en me levant, cette idée m'est venue. Mon patron, tout naturellement, a pensé que j'aurais ainsi quatre jours de vacances avec mon dimanche et cela ne pouvait pas lui faire plaisir. Mais d'une part, ce n'est pas de ma faute si on a enterré maman hier au lieu d'aujourd'hui et d'autre part, j'aurais eu mon samedi et mon dimanche de toute façon. Bien entendu, cela ne m'empêche pas de comprendre tout de même mon patron.

J'ai eu de la peine à me lever parce que j'étais fatigué de ma journée d'hier. Pendant que je me rasais, je me suis demandé ce que j'allais faire et j'ai décidé d'aller me baigner. J'ai pris le tram pour aller à l'établissement de bains du port. Là, j'ai plongé dans la passe. Il y avait beaucoup de jeunes gens. J'ai retrouvé dans l'eau Marie Cardona, une ancienne dactylo de mon bureau dont j'avais eu envie à l'époque. Elle aussi, je crois. Mais elle est partie peu après et nous n'avons pas eu le temps. Je l'ai aidée à monter sur une bouée et, dans ce mouvement, j'ai effleuré ses seins. J'étais encore dans l'eau quand elle était déjà à plat ventre sur la bouée. Elle s'est retournée vers moi. Elle avait les cheveux dans les yeux et elle riait. Je me suis hissé à côté d'elle sur la bouée. Il faisait bon et, comme en plaisantant, j'ai laissé aller ma tête en arrière et je l'ai posée sur son ventre. Elle n'a rien dit et je suis resté ainsi. J'avais tout le ciel dans les yeux et il était bleu et doré. Sous ma nuque, je sentais le ventre de Marie battre doucement. Nous sommes restés longtemps sur la bouée, à moitié endormis. Quand le soleil est devenu trop fort, elle a plongé et je l'ai suivie. Je l'ai rattrapée, j'ai passé ma main autour de sa taille et nous avons nagé ensemble. Elle riait toujours. Sur le quai, pendant que nous nous séchions, elle m'a dit : « Je suis plus brune que vous. » Je lui ai demandé si elle voulait venir au cinéma, le soir. Elle a encore ri et m'a dit qu'elle avait envie de voir un film avec Fernandel. Quand nous nous sommes rhabillés, elle a eu l'air très surprise de me voir avec une cravate noire et elle m'a demandé si j'étais en deuil. Je lui ai dit que maman était morte. Comme elle voulait savoir depuis quand, j'ai répondu : « Depuis hier. » Elle a eu un petit recul, mais n'a fait aucune remarque. J'ai eu envie de lui dire que ce n'était pas de ma faute, mais je me suis arrêté parce que j'ai pensé que je l'avais déjà dit à mon patron. Cela ne signifiait rien. De toute façon, on est toujours un peu fautif.

Le soir, Marie avait tout oublié. Le film était drôle par moments et puis vraiment trop bête. Elle avait sa jambe contre la mienne. Je lui caressais les seins. Vers la fin de la séance, je l'ai embrassée, mais mal. En sortant, elle est venue chez moi.

Quand je me suis réveillé, Marie était partie. Elle m'avait expliqué qu'elle devait aller chez sa tante. J'ai pensé que c'était dimanche et cela m'a ennuyé : Je n'aime pas le dimanche. Alors, je me suis retourné dans mon lit, j'ai cherché dans le traversin l'odeur de sel que les cheveux de Marie y avaient laissée et j'ai dormi jusqu'à dix heures. J'ai fumé ensuite des cigarettes, toujours couché, jusqu'à midi. Je ne voulais pas déjeuner chez Céleste comme d'habitude parce que, certainement, ils m'auraient posé des questions et je n'aime pas cela. Je me suis fait cuire des œufs et je les ai mangés à même le plat, sans pain parce que je n'en avais plus et que je ne voulais pas descendre pour en acheter.

Après le déjeuner, je me suis ennuyé un peu et j'ai erré dans l'appartement. Il était commode quand maman était là. Maintenant il est trop grand pour moi et j'ai dû transporter dans ma chambre la table de la salle à manger. Je ne vis plus que dans cette pièce, entre les chaises de paille un peu creusées, l'armoire dont la glace est jaunie, la table de toilette et le lit de cuivre. Le reste est à l'abandon. Un peu plus tard, pour faire quelque chose, j'ai pris un vieux journal et je l'ai lu. J'y ai découpé une réclame des sels Kruschen et je l'ai collée dans un vieux cahier où je mets les choses qui m'amusent dans les journaux. Je me suis aussi lavé les mains et, pour finir, je me suis mis au balcon.

Ma chambre donne sur la rue principale du faubourg. L'après-midi était beau. Cependant, le pavé était gras, les gens rares et pressés encore. C'étaient d'abord des familles allant en promenade, deux petits garçons en costume marin, la culotte au-dessous du genou, un peu empêtrés dans leurs vêtements raides, et une petite fille avec un gros nœud rose et des souliers noirs vernis. Derrière eux, une mère énorme, en robe de soie marron, et le père, un petit homme assez frêle que je connais de vue. Il avait un canotier, un nœud papillon et une canne à la main. En le voyant avec sa femme, j'ai compris pourquoi dans le quartier on disait de lui qu'il était distingué. Un peu plus tard passèrent les jeunes gens du faubourg, cheveux laqués et cravate rouge, le veston très cintré, avec une pochette brodée et des souliers à bouts carrés. J'ai pensé qu'ils allaient aux cinémas du centre. C'était pourquoi ils partaient si tôt et se dépêchaient vers le tram en riant très fort.

Après eux, la rue peu à peu est devenue déserte. Les spectacles étaient partout commencés, je crois. Il n'y avait plus dans la rue que les boutiquiers et les chats. Le ciel était pur mais sans éclat au-dessus des ficus qui bordent la rue. Sur le trottoir d'en face, le marchand de tabac a sorti une chaise, l'a installée devant sa porte et l'a enfourchée en s'appuyant des deux bras sur le dossier. Les trams tout à l'heure bondés étaient presque vides. Dans le petit café : « Chez Pierrot », à côté du marchand de tabac, le garçon balayait de la sciure dans la salle déserte. C'était vraiment dimanche.

J'ai retourné ma chaise et je l'ai placée comme celle du marchand de tabac parce que j'ai trouvé que c'était plus commode. J'ai fumé deux cigarettes, je suis rentré pour prendre un morceau de chocolat et je suis revenu le manger à la fenêtre. Peu après, le ciel s'est assombri et j'ai cru que nous allions avoir un orage d'été. Il s'est découvert peu à peu cependant. Mais le passage des nuées avait laissé sur la rue comme une promesse de pluie qui l'a rendue plus sombre. Je suis resté longtemps à regarder le ciel.

À cinq heures, des tramways sont arrivés dans le bruit. Ils ramenaient du stade de banlieue des grappes de spectateurs perchés sur les marchepieds et les rambardes. Les tramways suivants ont ramené les joueurs que j'ai reconnus à leurs petites valises. Ils hurlaient et chantaient à pleins poumons que leur club ne périrait pas. Plusieurs m'ont fait des signes. L'un m'a même crié : « On les a eus. » Et j'ai fait : « Oui », en secouant la tête. À partir de ce moment, les autos ont commencé à affluer.

La journée a tourné encore un peu. Au-dessus des toits, le ciel est devenu rougeâtre et, avec le soir naissant, les rues se sont animées. Les promeneurs revenaient peu à peu. J'ai reconnu le monsieur distingué au milieu d'autres. Les enfants pleuraient ou se laissaient traîner. Presque aussitôt, les cinémas du quartier ont déversé dans la rue un flot de spectateurs. Parmi eux, les jeunes gens avaient des gestes plus décidés que d'habitude et j'ai pensé qu'ils avaient vu un film d'aventures. Ceux qui revenaient des cinémas de la ville arrivèrent un peu plus tard. Ils semblaient plus graves. Ils riaient encore, mais de temps en temps, ils paraissaient fatigués et songeurs. Ils sont restés dans la rue, allant et venant sur le trottoir d'en face. Les jeunes filles du quartier, en cheveux, se tenaient par le bras. Les jeunes gens s'étaient arrangés pour les croiser et ils lançaient des plaisanteries dont elles riaient en détournant la tête. Plusieurs d'entre elles, que je connaissais, m'ont fait des signes.

Les lampes de la rue se sont alors allumées brusquement et elles ont fait pâlir les premières étoiles qui montaient dans la nuit. J'ai senti mes yeux se fatiguer à regarder les trottoirs avec leur chargement d'hommes et de lumières. Les lampes faisaient luire le pavé mouillé, et les tramways, à intervalles réguliers, mettaient leurs reflets sur des cheveux brillants, un sourire ou un bracelet d'argent. Peu après, avec les tramways plus rares et la nuit déjà noire au-dessus des arbres et des lampes, le quartier s'est vidé insensiblement, jusqu'à ce que le premier chat traverse lentement la rue de nouveau déserte. J'ai pensé alors qu'il fallait dîner. J'avais un peu mal au cou d'être resté longtemps appuyé sur le dos de ma chaise. Je suis descendu acheter du pain et des pâtes, j'ai fait ma cuisine et j'ai mangé debout. J'ai voulu fumer une cigarette à la fenêtre, mais l'air avait fraîchi et j'ai eu un peu froid. J'ai fermé mes fenêtres et en revenant j'ai vu dans la glace un bout de table où ma lampe à alcool voisinait avec des morceaux de pain. J'ai pensé que c'était toujours un dimanche de tiré, que maman était maintenant enterrée, que j'allais reprendre mon travail et que, somme toute, il n'y avait rien de changé.

3

Aujourd'hui j'ai beaucoup travaillé au bureau. Le patron a été aimable. Il m'a demandé si je n'étais pas trop fatigué et il a voulu savoir aussi l'âge de maman. J'ai dit « une soixantaine d'années », pour ne pas me tromper et je ne sais pas pourquoi il a eu l'air d'être soulagé et de considérer que c'était une affaire terminée.

Il y avait un tas de connaissements[1] qui s'amoncelaient sur ma table et il a fallu que je les dépouille tous. Avant de quitter le bureau pour aller déjeuner, je me suis lavé les mains. À midi, j'aime bien ce moment. Le soir, j'y trouve moins de plaisir parce que la serviette roulante qu'on utilise est tout à fait humide : elle a servi toute la journée. J'en ai fait la remarque un jour à mon patron. Il m'a répondu qu'il trouvait cela regrettable, mais que c'était tout de même un détail sans importance. Je suis sorti un peu tard, à midi et demi, avec Emmanuel, qui travaille à l'expédition. Le

1. Le mot, qui vient de « connaître », appartient au vocabulaire administratif maritime ; le connaissement désigne un récépissé de chargement des marchandises sur un bateau.

bureau donne sur la mer et nous avons perdu un moment à regarder les cargos dans le port brûlant de soleil. À ce moment, un camion est arrivé dans un fracas de chaînes et d'explosions. Emmanuel m'a demandé « si on y allait » et je me suis mis à courir. Le camion nous a dépassés et nous nous sommes lancés à sa poursuite. J'étais noyé dans le bruit et la poussière. Je ne voyais plus rien et ne sentais que cet élan désordonné de la course, au milieu des treuils et des machines, des mâts qui dansaient sur l'horizon et des coques que nous longions. J'ai pris appui le premier et j'ai sauté au vol. Puis j'ai aidé Emmanuel à s'asseoir. Nous étions hors de souffle, le camion sautait sur les pavés inégaux du quai, au milieu de la poussière et du soleil. Emmanuel riait à perdre haleine.

Nous sommes arrivés en nage chez Céleste. Il était toujours là, avec son gros ventre, son tablier et ses moustaches blanches. Il m'a demandé si « ça allait quand même ». Je lui ai dit que oui et que j'avais faim. J'ai mangé très vite et j'ai pris du café. Puis je suis rentré chez moi, j'ai dormi un peu parce que j'avais trop bu de vin et, en me réveillant, j'ai eu envie de fumer. Il était tard et j'ai couru pour attraper un tram. J'ai travaillé tout l'après-midi. Il faisait très chaud dans le bureau et le soir, en sortant, j'ai été heureux de revenir en marchant lentement le long des quais. Le ciel était vert, je me sentais content. Tout de même, je suis rentré directement chez moi parce que je voulais me préparer des pommes de terre bouillies.

En montant, dans l'escalier noir, j'ai heurté le vieux Salamano, mon voisin de palier. Il était avec son chien. Il y a huit ans qu'on les voit ensemble. L'épagneul a une maladie de peau, le rouge, je crois, qui lui fait perdre presque tous ses poils et qui le couvre de plaques et de croûtes brunes. À force de vivre avec lui, seuls tous les deux dans une petite chambre, le vieux Salamano a fini par lui ressembler. Il a des croûtes rougeâtres sur le visage et le poil jaune et rare. Le chien, lui, a pris de son patron une sorte d'allure voûtée, le museau en avant et le cou tendu. Ils ont l'air de la même race et pourtant ils se détestent. Deux fois par jour, à onze heures et à six heures, le vieux mène son chien promener. Depuis huit ans, ils n'ont pas changé leur itinéraire. On peut les voir le long de la rue de Lyon[1], le chien tirant l'homme jusqu'à ce que le vieux Salamano bute. Il bat son chien alors et il l'insulte. Le chien rampe de frayeur et se laisse traîner. À ce moment, c'est au vieux de le tirer. Quand le chien a oublié, il entraîne de nouveau son maître et il est de nouveau battu et insulté. Alors, ils restent tous les deux sur le trottoir et ils se regardent, le chien avec terreur, l'homme avec haine. C'est ainsi tous les jours. Quand le chien veut uriner, le vieux ne lui en laisse pas le temps et le tire, l'épagneul semant derrière lui une traînée de petites gouttes. Si par hasard, le chien fait dans la chambre, alors il est encore battu. Il y a huit ans que cela dure. Céleste dit toujours que « c'est malheureux », mais au fond, per-

---

1. C'est un des rares repères géographiques mentionnés dans le roman, situant l'appartement de Meursault dans le quartier populaire de Belcourt à Alger où Albert Camus a grandi. Ce nom de rue fait revivre tout un quartier et un style de vie appartenant à l'époque coloniale révolue.

sonne ne peut savoir. Quand je l'ai rencontré dans l'escalier, Salamano était en train d'insulter son chien. Il lui disait : « Salaud ! Charogne ! » et le chien gémissait. J'ai dit : « Bonsoir », mais le vieux insultait toujours. Alors je lui ai demandé ce que le chien lui avait fait. Il ne m'a pas répondu. Il disait seulement : « Salaud ! Charogne ! » Je le devinais, penché sur son chien, en train d'arranger quelque chose sur le collier. J'ai parlé plus fort. Alors sans se retourner, il m'a répondu avec une sorte de rage rentrée : « Il est toujours là. » Puis il est parti en tirant la bête qui se laissait traîner sur ses quatre pattes, et gémissait.

Juste à ce moment est entré mon deuxième voisin de palier. Dans le quartier, on dit qu'il vit des femmes. Quand on lui demande son métier, pourtant, il est « magasinier ». En général, il n'est guère aimé. Mais il me parle souvent et quelquefois il passe un moment chez moi parce que je l'écoute. Je trouve que ce qu'il dit est intéressant. D'ailleurs, je n'ai aucune raison de ne pas lui parler. Il s'appelle Raymond Sintès. Il est assez petit, avec de larges épaules et un nez de boxeur. Il est toujours habillé très correctement. Lui aussi m'a dit, en parlant de Salamano : « Si c'est pas malheureux ! » Il m'a demandé si ça ne me dégoûtait pas et j'ai répondu que non.

Nous sommes montés et j'allais le quitter quand il m'a dit : « J'ai chez moi du boudin et du vin. Si vous voulez manger un morceau avec moi ?... » J'ai pensé que cela m'éviterait de faire ma cuisine et j'ai accepté. Lui aussi n'a qu'une chambre, avec une cuisine sans fenêtre. Au-dessus de son lit, il a un ange en stuc blanc et rose, des photos de champions et deux ou trois clichés de femmes nues. La chambre était sale et le lit défait. Il a d'abord allumé sa lampe à pétrole, puis il a sorti un pansement assez douteux de sa poche et a enveloppé sa main droite. Je lui ai demandé ce qu'il avait. Il m'a dit qu'il avait eu une bagarre avec un type qui lui cherchait des histoires.

« Vous comprenez, monsieur Meursault, m'a-t-il dit, c'est pas que je suis méchant, mais je suis vif. L'autre, il m'a dit : "Descends du tram si tu es un homme." Je lui ai dit : "Allez, reste tranquille." Il m'a dit que je n'étais pas un homme. Alors je suis descendu et je lui ai dit : "Assez, ça vaut mieux, ou je vais te mûrir[1]." Il m'a répondu : "De quoi ?" Alors je lui en ai donné un. Il est tombé. Moi, j'allais le relever. Mais il m'a donné des coups de pied de par terre. Alors je lui ai donné un coup de genou et deux taquets. Il avait la figure en sang. Je lui ai demandé s'il avait son compte. Il m'a dit : "Oui." »

Pendant tout ce temps, Sintès arrangeait son pansement. J'étais assis sur le lit. Il m'a dit : « Vous voyez que je ne l'ai pas cherché. C'est lui qui m'a manqué. » C'était vrai et je l'ai reconnu. Alors il m'a déclaré que, justement, il voulait me demander un conseil au sujet de cette affaire, que moi, j'étais un homme, je connaissais la vie, que je pouvais l'aider et qu'ensuite il serait mon copain. Je n'ai rien dit et il m'a demandé encore si je voulais être son copain. J'ai dit que ça m'était

---

1. Raymond parle le langage argotique algérois, dit le français « cagayou ». L'expression ici est une métaphore qui exprime la menace de frapper son adversaire jusqu'à le « ramollir » complètement, comme un fruit mûr.

égal : il a eu l'air content. Il a sorti du boudin, il l'a fait cuire à la poêle, et il a installé des verres, des assiettes, des couverts et deux bouteilles de vin. Tout cela en silence. Puis nous nous sommes installés. En mangeant, il a commencé à me raconter son histoire. Il hésitait d'abord un peu. « J'ai connu une dame... c'était pour autant dire ma maîtresse. » L'homme avec qui il s'était battu était le frère de cette femme. Il m'a dit qu'il l'avait entretenue. Je n'ai rien répondu et pourtant il a ajouté tout de suite qu'il savait ce qu'on disait dans le quartier, mais qu'il avait sa conscience pour lui et qu'il était magasinier.

« Pour en venir à mon histoire, m'a-t-il dit, je me suis aperçu qu'il y avait de la tromperie. » Il lui donnait juste de quoi vivre. Il payait lui-même le loyer de sa chambre et il lui donnait vingt francs par jour pour la nourriture. « Trois cents francs de chambre, six cents francs de nourriture, une paire de bas de temps en temps, ça faisait mille francs. Et madame ne travaillait pas. Mais elle me disait que c'était juste, qu'elle n'arrivait pas avec ce que je lui donnais. Pourtant, je lui disais : "Pourquoi tu travailles pas une demi-journée ? Tu me soulagerais bien pour toutes ces petites choses. Je t'ai acheté un ensemble ce mois-ci, je te paye vingt francs par jour, je te paye le loyer et toi, tu prends le café l'après-midi avec tes amies. Tu leur donnes le café et le sucre. Moi, je te donne l'argent. J'ai bien agi avec toi et tu me le rends mal." Mais elle ne travaillait pas, elle disait toujours qu'elle n'arrivait pas et c'est comme ça que je me suis aperçu qu'il y avait de la tromperie. »

Il m'a alors raconté qu'il avait trouvé un billet de

loterie dans son sac et qu'elle n'avait pas pu lui expliquer comment elle l'avait acheté. Un peu plus tard, il avait trouvé chez elle « une indication[1] » du mont-de-piété[2] qui prouvait qu'elle avait engagé deux bracelets. Jusque-là, il ignorait l'existence de ces bracelets. « J'ai bien vu qu'il y avait de la tromperie. Alors, je l'ai quittée. Mais d'abord, je l'ai tapée. Et puis, je lui ai dit ses vérités. Je lui ai dit que tout ce qu'elle voulait, c'était s'amuser avec sa chose. Comme je lui ai dit, vous comprenez, monsieur Meursault : "Tu ne vois pas que le monde il est jaloux du bonheur que je te donne. Tu connaîtras plus tard le bonheur que tu avais." »

Il l'avait battue jusqu'au sang. Auparavant, il ne la battait pas. « Je la tapais, mais tendrement pour ainsi dire. Elle criait un peu. Je fermais les volets et ça finissait comme toujours. Mais maintenant, c'est sérieux. Et pour moi, je l'ai pas assez punie. »

Il m'a expliqué alors que c'était pour cela qu'il avait besoin d'un conseil. Il s'est arrêté pour régler la mèche de la lampe qui charbonnait. Moi, je l'écoutais toujours. J'avais bu près d'un litre de vin et j'avais très chaud aux tempes. Je fumais les cigarettes de Raymond parce qu'il ne m'en restait plus. Les derniers trams passaient et emportaient avec eux les bruits maintenant lointains du faubourg. Raymond a continué. Ce qui l'ennuyait, « c'est qu'il avait encore un sentiment pour son coït ». Mais il voulait la punir. Il

---

1. Un reçu.

2. Expression d'usage courant pour désigner l'organisme municipal de prêt sur gages.

avait d'abord pensé à l'emmener dans un hôtel et à appeler les « mœurs » pour causer un scandale et la faire mettre en carte. Ensuite, il s'était adressé à des amis qu'il avait dans le milieu. Ils n'avaient rien trouvé. Et comme me le faisait remarquer Raymond, c'était bien la peine d'être du milieu. Il le leur avait dit et ils avaient alors proposé de la « marquer ». Mais ce n'était pas ce qu'il voulait. Il allait réfléchir. Auparavant il voulait me demander quelque chose. D'ailleurs, avant de me le demander, il voulait savoir ce que je pensais de cette histoire. J'ai répondu que je n'en pensais rien mais que c'était intéressant. Il m'a demandé si je pensais qu'il y avait de la tromperie, et moi, il me semblait bien qu'il y avait de la tromperie, si je trouvais qu'on devait la punir et ce que je ferais à sa place, je lui ai dit qu'on ne pouvait jamais savoir, mais je comprenais qu'il veuille la punir. J'ai encore bu un peu de vin. Il a allumé une cigarette et il m'a découvert son idée. Il voulait lui écrire une lettre « avec des coups de pied et en même temps des choses pour la faire regretter ». Après, quand elle reviendrait, il coucherait avec elle et « juste au moment de finir » il lui cracherait à la figure et il la mettrait dehors. J'ai trouvé qu'en effet, de cette façon, elle serait punie. Mais Raymond m'a dit qu'il ne se sentait pas capable de faire la lettre qu'il fallait et qu'il avait pensé à moi pour la rédiger. Comme je ne disais rien, il m'a demandé si cela m'ennuierait de le faire tout de suite et j'ai répondu que non.

Il s'est alors levé après avoir bu un verre de vin. Il a repoussé les assiettes et le peu de boudin froid que nous avions laissé. Il a soigneusement essuyé la toile cirée de la table. Il a pris dans un tiroir de sa table de nuit une feuille de papier quadrillé, une enveloppe jaune, un petit porte-plume de bois rouge et un encrier carré d'encre violette. Quand il m'a dit le nom de la femme, j'ai vu que c'était une Mauresque. J'ai fait la lettre. Je l'ai écrite un peu au hasard, mais je me suis appliqué à contenter Raymond parce que je n'avais pas de raison de ne pas le contenter. Puis j'ai lu la lettre à haute voix. Il m'a écouté en fumant et en hochant la tête, puis il m'a demandé de la relire. Il a été tout à fait content. Il m'a dit : « Je savais bien que tu connaissais la vie. » Je ne me suis pas aperçu d'abord qu'il me tutoyait. C'est seulement quand il m'a déclaré : « Maintenant, tu es un vrai copain », que cela m'a frappé. Il a répété sa phrase et j'ai dit : « Oui. » Cela m'était égal d'être son copain et il avait vraiment l'air d'en avoir envie. Il a cacheté la lettre et nous avons fini le vin. Puis nous sommes restés un moment à fumer sans rien dire. Au-dehors, tout était calme, nous avons entendu le glissement d'une auto qui passait. J'ai dit : « Il est tard. » Raymond le pensait aussi. Il a remarqué que le temps passait vite et, dans un sens, c'était vrai. J'avais sommeil, mais j'avais de la peine à me lever. J'ai dû avoir l'air fatigué parce que Raymond m'a dit qu'il ne fallait pas se laisser aller. D'abord, je n'ai pas compris. Il m'a expliqué alors qu'il avait appris la mort de maman mais que c'était une chose qui devait arriver un jour ou l'autre. C'était aussi mon avis.

Je me suis levé, Raymond m'a serré la main très fort et m'a dit qu'entre hommes on se comprenait toujours. En sortant de chez lui, j'ai refermé la porte et je suis resté un moment dans le noir, sur le palier. La maison était calme et des profondeurs de la cage d'escalier montait un souffle obscur et humide. Je n'entendais que les coups de mon sang qui bourdonnait à mes oreilles. Je suis resté immobile. Mais dans la chambre du vieux Salamano, le chien a gémi sourdement.

4

J'ai bien travaillé toute la semaine, Raymond est venu et m'a dit qu'il avait envoyé la lettre. Je suis allé au cinéma deux fois avec Emmanuel qui ne comprend pas toujours ce qui se passe sur l'écran. Il faut alors lui donner des explications. Hier, c'était samedi et Marie est venue, comme nous en étions convenus. J'ai eu très envie d'elle parce qu'elle avait une belle robe à raies rouges et blanches et des sandales de cuir. On devinait ses seins durs et le brun du soleil lui faisait un visage de fleur. Nous avons pris un autobus et nous sommes allés à quelques kilomètres d'Alger, sur une plage resserrée entre des rochers et bordée de roseaux du côté de la terre. Le soleil de quatre heures n'était pas trop chaud, mais l'eau était tiède, avec de petites vagues longues et paresseuses. Marie m'a appris un jeu. Il fallait, en nageant, boire à la crête des vagues, accumuler dans sa bouche toute l'écume et se mettre ensuite sur le dos pour la projeter contre le ciel. Cela faisait alors une dentelle mousseuse qui disparaissait dans l'air ou me retombait en pluie tiède sur le visage. Mais au bout de quelque temps, j'avais la bouche brûlée par l'amertume du sel.

Marie m'a rejoint alors et s'est collée à moi dans l'eau. Elle a mis sa bouche contre la mienne. Sa langue rafraîchissait mes lèvres et nous nous sommes roulés dans les vagues pendant un moment.

Quand nous nous sommes rhabillés sur la plage, Marie me regardait avec des yeux brillants. Je l'ai embrassée. À partir de ce moment, nous n'avons plus parlé. Je l'ai tenue contre moi et nous avons été pressés de trouver un autobus, de rentrer, d'aller chez moi et de nous jeter sur mon lit. J'avais laissé ma fenêtre ouverte et c'était bon de sentir la nuit d'été couler sur nos corps bruns.

Ce matin, Marie est restée et je lui ai dit que nous déjeunerions ensemble. Je suis descendu pour acheter de la viande. En remontant, j'ai entendu une voix de femme dans la chambre de Raymond. Un peu après, le vieux Salamano a grondé son chien, nous avons entendu un bruit de semelles et de griffes sur les marches en bois de l'escalier et puis : « Salaud, charogne », ils sont sortis dans la rue. J'ai raconté à Marie l'histoire du vieux et elle a ri. Elle avait un de mes pyjamas dont elle avait retroussé les manches. Quand elle a ri, j'ai eu encore envie d'elle. Un moment après, elle m'a demandé si je l'aimais. Je lui ai répondu que cela ne voulait rien dire, mais qu'il me semblait que non. Elle a eu l'air triste. Mais en préparant le déjeuner, et à propos de rien, elle a encore ri de telle façon que je l'ai embrassée. C'est à ce moment que les bruits d'une dispute ont éclaté chez Raymond.

On a d'abord entendu une voix aiguë de femme et puis Raymond qui disait : « Tu m'as manqué, tu m'as manqué[1]. Je vais t'apprendre à me manquer.» Quelques bruits sourds et la femme a hurlé, mais de si terrible façon qu'immédiatement le palier s'est empli de monde. Marie et moi nous sommes sortis aussi. La femme criait toujours et Raymond frappait toujours. Marie m'a dit que c'était terrible et je n'ai rien répondu. Elle m'a demandé d'aller chercher un agent, mais je lui ai dit que je n'aimais pas les agents. Pourtant, il en est arrivé un avec le locataire du deuxième qui est plombier. Il a frappé à la porte et on n'a plus rien entendu. Il a frappé plus fort et au bout d'un moment, la femme a pleuré et Raymond a ouvert. Il avait une cigarette à la bouche et l'air doucereux. La fille s'est précipitée à la porte et a déclaré à l'agent que Raymond l'avait frappée. « Ton nom », a dit l'agent. Raymond a répondu. « Enlève ta cigarette de la bouche quand tu me parles », a dit l'agent. Raymond a hésité, m'a regardé et a tiré sur sa cigarette. À ce moment, l'agent l'a giflé à toute volée d'une claque épaisse et lourde, en pleine joue. La cigarette est tombée quelques mètres plus loin. Raymond a changé de visage, mais il n'a rien dit sur le moment et puis il a demandé d'une voix humble s'il pouvait ramasser son mégot. L'agent a déclaré qu'il le pouvait et il a ajouté : « Mais la prochaine fois, tu sauras qu'un agent n'est pas un guignol. » Pendant ce temps, la fille pleurait et elle a répété : « Il m'a tapée. C'est un

---

1. L'expression appartient au registre argotique algérois qui caractérise le langage de Raymond (voir note p. 32). Elle signifie « tu as mal agi envers moi », « tu m'as fait du tort », et elle exprime les raisons de la vengeance du personnage.

maquereau. » — « Monsieur l'agent, a demandé alors Raymond, c'est dans la loi, ça, de dire maquereau à un homme ? » Mais l'agent lui a ordonné « de fermer sa gueule ». Raymond s'est alors retourné vers la fille et il lui a dit : « Attends, petite, on se retrouvera. » L'agent lui a dit de fermer ça, que la fille devait partir et lui rester dans sa chambre en attendant d'être convoqué au commissariat. Il a ajouté que Raymond devrait avoir honte d'être soûl au point de trembler comme il le faisait. À ce moment, Raymond lui a expliqué : « Je ne suis pas soûl, monsieur l'agent. Seulement, je suis là, devant vous, et je tremble, c'est forcé. » Il a fermé sa porte et tout le monde est parti. Marie et moi avons fini de préparer le déjeuner. Mais elle n'avait pas faim, j'ai presque tout mangé. Elle est partie à une heure et j'ai dormi un peu.

Vers trois heures, on a frappé à ma porte et Raymond est entré. Je suis resté couché. Il s'est assis sur le bord de mon lit. Il est resté un moment sans parler et je lui ai demandé comment son affaire s'était passée. Il m'a raconté qu'il avait fait ce qu'il voulait mais qu'elle lui avait donné une gifle et qu'alors il l'avait battue. Pour le reste, je l'avais vu. Je lui ai dit qu'il me semblait que maintenant elle était punie et qu'il devait être content. C'était aussi son avis, et il a observé que l'agent avait beau faire, il ne changerait rien aux coups qu'elle avait reçus. Il a ajouté qu'il connaissait bien les agents et qu'il savait comment il fallait s'y prendre avec eux. Il m'a demandé alors si j'avais attendu qu'il réponde à la gifle de l'agent. J'ai répondu que je n'attendais rien du tout et que d'ailleurs je n'aimais pas les agents. Raymond a eu l'air très content. Il m'a demandé si je voulais sortir avec lui. Je me suis levé et j'ai commencé à me peigner. Il m'a dit qu'il fallait que je lui serve de témoin. Moi cela m'était égal, mais je ne savais pas ce que je devais dire. Selon Raymond, il suffisait de déclarer que la fille lui avait manqué. J'ai accepté de lui servir de témoin.

Nous sommes sortis et Raymond m'a offert une fine. Puis il a voulu faire une partie de billard et j'ai perdu de justesse. Il voulait ensuite aller au bordel, mais j'ai dit non parce que je n'aime pas ça. Alors nous sommes rentrés doucement et il me disait combien il était content d'avoir réussi à punir sa maîtresse. Je le trouvais très gentil avec moi et j'ai pensé que c'était un bon moment.

De loin, j'ai aperçu sur le pas de la porte le vieux Salamano qui avait l'air agité. Quand nous nous sommes rapprochés, j'ai vu qu'il n'avait pas son chien. Il regardait de tous les côtés, tournait sur lui-même, tentait de percer le noir du couloir, marmonnait des mots sans suite et recommençait à fouiller la rue de ses petits yeux rouges. Quand Raymond lui a demandé ce qu'il avait, il n'a pas répondu tout de suite. J'ai vaguement entendu qu'il murmurait : « Salaud, charogne », et il continuait à s'agiter. Je lui ai demandé où était son chien. Il m'a répondu brusquement qu'il était parti. Et puis tout d'un coup, il a parlé avec volubilité : « Je l'ai emmené au Champ de Manœuvres, comme d'habitude. Il y avait du monde, autour des baraques foraines. Je me suis arrêté pour regarder "le Roi de l'Évasion". Et quand j'ai voulu repartir, il n'était plus là. Bien sûr, il y a longtemps que je voulais lui acheter un collier moins grand. Mais je n'aurais jamais cru que cette charogne pourrait partir comme ça. »

Raymond lui a expliqué alors que le chien avait pu s'égarer et qu'il allait revenir. Il lui a cité des exemples de chiens qui avaient fait des dizaines de kilomètres pour retrouver leur maître. Malgré cela, le vieux a eu l'air plus agité. « Mais ils me le prendront, vous comprenez. Si encore quelqu'un le recueillait. Mais ce n'est pas possible, il dégoûte tout le monde avec ses croûtes. Les agents le prendront, c'est sûr. » Je lui ai dit alors qu'il devait aller à la fourrière et qu'on le lui rendrait moyennant le paiement de quelques droits. Il m'a demandé si ces droits étaient élevés. Je ne savais pas. Alors, il s'est mis en colère : « Donner de l'argent pour cette charogne. Ah ! il peut bien crever ! » Et il s'est mis à l'insulter. Raymond a ri et a pénétré dans la maison. Je l'ai suivi et nous nous sommes quittés sur le palier de l'étage. Un moment après, j'ai entendu le pas du vieux et il a frappé à ma porte. Quand j'ai ouvert, il est resté un moment sur le seuil et il m'a dit : « Excusez-moi, excusez-moi. » Je l'ai invité à entrer, mais il n'a pas voulu. Il regardait la pointe de ses souliers et ses mains croûteuses tremblaient. Sans me faire face, il m'a demandé : « Ils ne vont pas me le prendre, dites, monsieur Meursault. Ils vont me le rendre. Ou qu'est-ce que je vais devenir ? » Je lui ai dit que la fourrière gardait les chiens trois jours à la disposition de leurs propriétaires et qu'ensuite elle en faisait ce que bon lui semblait. Il m'a regardé en silence. Puis il m'a dit : « Bonsoir. » Il a fermé sa porte et je l'ai entendu aller et venir. Son lit a craqué. Et au bizarre petit bruit qui a traversé la cloison, j'ai compris qu'il pleurait. Je ne sais pas pourquoi j'ai pensé à maman. Mais il fallait que je me lève tôt le lendemain. Je n'avais pas faim et je me suis couché sans dîner.

5

Raymond m'a téléphoné au bureau. Il m'a dit qu'un de ses amis (il lui avait parlé de moi) m'invitait à passer la journée de dimanche dans son cabanon, près d'Alger. J'ai répondu que je le voulais bien, mais que j'avais promis ma journée à une amie. Raymond m'a tout de suite déclaré qu'il l'invitait aussi. La femme de son ami serait très contente de ne pas être seule au milieu d'un groupe d'hommes.

J'ai voulu raccrocher tout de suite parce que je sais que le patron n'aime pas qu'on nous téléphone de la ville. Mais Raymond m'a demandé d'attendre et il m'a dit qu'il aurait pu me transmettre cette invitation le soir, mais qu'il voulait m'avertir d'autre chose. Il avait été suivi toute la journée par un groupe d'Arabes parmi lesquels se trouvait le frère de son ancienne maîtresse. « Si tu le vois près de la maison ce soir en rentrant, avertis-moi. » J'ai dit que c'était entendu.

Peu après, le patron m'a fait appeler et, sur le moment, j'ai été ennuyé parce que j'ai pensé qu'il allait me dire de moins téléphoner et de mieux travailler. Ce n'était pas cela du tout. Il m'a déclaré qu'il allait me parler d'un projet encore très vague. Il voulait seulement avoir mon avis sur la question. Il avait l'intention d'installer un bureau à Paris qui traiterait ses affaires sur la place, et directement, avec les grandes compagnies et il voulait savoir si j'étais disposé à y aller. Cela me permettrait de vivre à Paris et aussi de voyager une partie de l'année. « Vous êtes jeune, et il me semble que c'est une vie qui doit vous plaire. » J'ai dit que oui mais que dans le fond cela m'était égal. Il m'a demandé alors si je n'étais pas intéressé par un changement de vie. J'ai répondu qu'on ne changeait jamais de vie, qu'en tout cas toutes se valaient et que la mienne ici ne me déplaisait pas du tout. Il a eu l'air mécontent, m'a dit que je répondais toujours à côté, que je n'avais pas d'ambition et que cela était désastreux dans les affaires. Je suis retourné travailler alors. J'aurais préféré ne pas le mécontenter, mais je ne voyais pas de raison pour changer ma vie. En y réfléchissant bien, je n'étais pas malheureux. Quand j'étais étudiant, j'avais beaucoup d'ambitions de ce genre. Mais quand j'ai dû abandonner mes études, j'ai très vite compris que tout cela était sans importance réelle.

Le soir, Marie est venue me chercher et m'a demandé si je voulais me marier avec elle. J'ai dit que cela m'était égal et que nous pourrions le faire si elle le voulait. Elle a voulu savoir alors si je l'aimais. J'ai répondu comme je l'avais déjà fait une fois, que cela ne signifiait rien mais que sans doute je ne l'aimais pas. « Pourquoi m'épouser alors ? » a-t-elle dit. Je lui ai expliqué que cela n'avait aucune importance et que si elle le désirait, nous pouvions nous marier. D'ailleurs, c'était elle qui le demandait et moi je me contentais de dire oui. Elle a observé alors que le mariage était une chose grave. J'ai répondu : « Non. » Elle s'est tue un moment et elle m'a regardé en silence. Puis elle a parlé. Elle voulait simplement savoir si j'aurais accepté la même proposition venant d'une autre femme, à qui je serais attaché de la même façon. J'ai dit : « Naturellement. » Elle s'est demandé alors si elle m'aimait et moi, je ne pouvais rien savoir sur ce point. Après un autre moment de silence, elle a murmuré que j'étais bizarre, qu'elle m'aimait sans doute à cause de cela mais que peut-être un jour je la dégoûterais pour les mêmes raisons. Comme je me taisais, n'ayant rien à ajouter, elle m'a pris le bras en souriant et elle a déclaré qu'elle voulait se marier avec moi. J'ai répondu que nous le ferions dès qu'elle le voudrait. Je lui ai parlé alors de la proposition du patron et Marie m'a dit qu'elle aimerait connaître Paris. Je lui ai appris que j'y avais vécu dans un temps et elle m'a demandé comment c'était. Je lui ai dit : « C'est sale. Il y a des pigeons et des cours noires. Les gens ont la peau blanche. »

Puis nous avons marché et traversé la ville par ses grandes rues. Les femmes étaient belles et j'ai demandé à Marie si elle le remarquait. Elle m'a dit que oui et qu'elle me comprenait. Pendant un moment, nous n'avons plus parlé. Je voulais cependant qu'elle reste avec moi et je lui ai dit que nous pouvions dîner ensemble chez Céleste. Elle en avait bien envie, mais elle avait à faire. Nous étions près de chez moi et je lui ai dit au revoir. Elle m'a regardé : « Tu ne veux pas savoir ce que j'ai à faire ? » Je voulais bien le savoir, mais je n'y avais pas pensé et c'est ce qu'elle avait l'air de me reprocher. Alors, devant mon air empêtré, elle a encore ri et elle a eu vers moi un mouvement de tout le corps pour me tendre sa bouche.

J'ai dîné chez Céleste. J'avais déjà commencé à manger lorsqu'il est entré une bizarre petite femme qui m'a demandé si elle pouvait s'asseoir à ma table. Naturellement, elle le pouvait. Elle avait des gestes saccadés et des yeux brillants dans une petite figure de pomme. Elle s'est débarrassée de sa jaquette, s'est assise et a consulté fiévreusement la carte. Elle a appelé Céleste et a commandé immédiatement tous ses plats d'une voix à la fois précise et précipitée. En attendant les hors-d'œuvre, elle a ouvert son sac, en a sorti un petit carré de papier et un crayon, a fait d'avance l'addition, puis a tiré d'un gousset, augmentée du pourboire, la somme exacte qu'elle a placée devant elle. À ce moment, on lui a apporté des hors-d'œuvre qu'elle a engloutis à toute vitesse. En attendant le plat suivant, elle a encore sorti de son sac un crayon bleu et un magazine qui donnait les programmes radiophoniques de la semaine. Avec beaucoup de soin, elle a coché une à une presque toutes les émissions. Comme le magazine avait une douzaine de pages, elle a continué ce travail méticuleusement pendant tout le repas. J'avais déjà fini qu'elle cochait encore avec la même application. Puis elle s'est levée, a remis sa jaquette avec les mêmes gestes précis d'automate et elle est partie. Comme je n'avais rien à faire, je suis sorti aussi et je l'ai suivie un moment. Elle s'était placée sur la bordure du trottoir et avec une vitesse et une sûreté incroyables, elle suivait son chemin sans dévier et sans se retourner. J'ai fini par la perdre de vue et par revenir sur mes pas. J'ai pensé qu'elle était bizarre, mais je l'ai oubliée assez vite.

Sur le pas de ma porte, j'ai trouvé le vieux Salamano. Je l'ai fait entrer et il m'a appris que son chien était perdu, car il n'était pas à la fourrière. Les employés lui avaient dit que, peut-être, il avait été écrasé. Il avait demandé s'il n'était pas possible de le savoir dans les commissariats. On lui avait répondu qu'on ne gardait pas trace de ces choses-là, parce qu'elles arrivaient tous les jours. J'ai dit au vieux Salamano qu'il pourrait avoir un autre chien, mais il a eu raison de me faire remarquer qu'il était habitué à celui-là.

J'étais accroupi sur mon lit et Salamano s'était assis sur une chaise devant la table. Il me faisait face et il avait ses deux mains sur les genoux. Il avait gardé son vieux feutre. Il mâchonnait des bouts de phrases sous sa moustache jaunie. Il m'ennuyait un peu, mais je n'avais rien à faire et je n'avais pas sommeil. Pour dire quelque chose, je l'ai interrogé sur son chien. Il m'a dit qu'il l'avait eu après la mort de sa femme. Il s'était marié assez tard. Dans sa jeunesse, il avait eu envie de faire du théâtre : au régiment il jouait dans les vaudevilles militaires. Mais finalement, il était entré dans les chemins de fer et il ne le regrettait pas, parce que maintenant il avait une petite retraite. Il n'avait pas été heureux avec sa femme, mais dans l'ensemble il s'était bien habitué à elle. Quand elle était morte, il s'était senti très seul. Alors, il avait demandé un chien à un camarade d'atelier et il avait eu celui-là très jeune. Il avait fallu le nourrir au biberon. Mais comme un chien vit moins qu'un homme, ils avaient fini par être vieux ensemble. « Il avait mauvais caractère, m'a dit Salamano. De temps en temps, on avait des prises de bec. Mais c'était un bon chien quand même. » J'ai dit qu'il était de belle race et Salamano a eu l'air content. « Et encore, a-t-il ajouté, vous ne l'avez pas connu avant sa maladie. C'était le poil qu'il avait de plus beau. » Tous les soirs et tous les matins, depuis que le chien avait eu cette maladie de peau, Salamano le passait à la pommade. Mais selon lui, sa vraie maladie, c'était la vieillesse, et la vieillesse ne se guérit pas.

À ce moment, j'ai bâillé et le vieux m'a annoncé qu'il allait partir. Je lui ai dit qu'il pouvait rester, et que j'étais ennuyé de ce qui était arrivé à son chien : il m'a remercié. Il m'a dit que maman aimait beaucoup son chien. En parlant d'elle, il l'appelait « votre pauvre mère ». Il a émis la supposition que je devais être bien malheureux depuis que maman était morte et je n'ai rien répondu. Il m'a dit alors, très vite et avec un air gêné, qu'il savait que dans le quartier on m'avait mal jugé parce que j'avais mis ma mère à l'asile, mais il me connaissait et il savait que j'aimais beaucoup maman. J'ai répondu, je ne sais pas encore pourquoi, que j'ignorais jusqu'ici qu'on me jugeât mal à cet égard, mais que l'asile m'avait paru une chose naturelle puisque je n'avais pas assez d'argent pour faire garder maman. « D'ailleurs, ai-je ajouté, il y avait longtemps qu'elle n'avait rien à me dire et qu'elle s'ennuyait toute seule. — Oui, m'a-t-il dit, et à l'asile, du moins, on se fait des camarades. » Puis il s'est excusé. Il voulait dormir. Sa vie avait changé maintenant et il ne savait pas trop ce qu'il allait faire. Pour la première fois depuis que je le connaissais, d'un geste furtif, il m'a tendu la main et j'ai senti les écailles de sa peau. Il a souri un peu et avant de partir, il m'a dit : « J'espère que les chiens n'aboieront pas cette nuit. Je crois toujours que c'est le mien. »

6

Le dimanche, j'ai eu de la peine à me réveiller et il a fallu que Marie m'appelle et me secoue. Nous n'avons pas mangé parce que nous voulions nous baigner tôt. Je me sentais tout à fait vide et j'avais un peu mal à la tête. Ma cigarette avait un goût amer. Marie s'est moquée de moi parce qu'elle disait que j'avais « une tête d'enterrement ». Elle avait mis une robe de toile blanche et lâché ses cheveux. Je lui ai dit qu'elle était belle, elle a ri de plaisir.

En descendant, nous avons frappé à la porte de Raymond. Il nous a répondu qu'il descendait. Dans la rue, à cause de ma fatigue et aussi parce que nous n'avions pas ouvert les persiennes, le jour, déjà tout plein de soleil, m'a frappé comme une gifle. Marie sautait de joie et n'arrêtait pas de dire qu'il faisait beau. Je me suis senti mieux et je me suis aperçu que j'avais faim. Je l'ai dit à Marie qui m'a montré son sac en toile cirée où elle avait mis nos deux maillots et une serviette. Je n'avais plus qu'à attendre et nous avons entendu Raymond fermer sa porte. Il avait un pantalon bleu et une chemise blanche à manches courtes. Mais il avait mis un canotier, ce qui a fait rire Marie, et ses avant-bras étaient très blancs sous les poils noirs. J'en étais un peu dégoûté. Il sifflait en descendant et il avait l'air très content. Il m'a dit : « Salut, vieux », et il a appelé Marie « mademoiselle ».

La veille nous étions allés au commissariat et j'avais témoigné que la fille avait « manqué » à Raymond. Il en a été quitte pour un avertissement. On n'a pas contrôlé mon affirmation. Devant la porte, nous en avons parlé avec Raymond, puis nous avons décidé de prendre l'autobus. La plage n'était pas très loin, mais nous irions plus vite ainsi. Raymond pensait que son ami serait content de nous voir arriver tôt. Nous allions partir quand Raymond, tout d'un coup, m'a fait signe de regarder en face. J'ai vu un groupe d'Arabes adossés à la devanture du bureau de tabac. Ils nous regardaient en silence, mais à leur manière, ni plus ni moins que si nous étions des pierres ou des arbres morts. Raymond m'a dit que le deuxième à partir de la gauche était son type, et il a eu l'air préoccupé. Il a ajouté que, pourtant, c'était maintenant une histoire finie. Marie ne comprenait pas très bien et nous a demandé ce qu'il y avait. Je lui ai dit que c'étaient des Arabes qui en voulaient à Raymond. Elle a voulu qu'on parte tout de suite. Raymond s'est redressé et il a ri en disant qu'il fallait se dépêcher.

Nous sommes allés vers l'arrêt d'autobus qui était un peu plus loin et Raymond m'a annoncé que les Arabes ne nous suivaient pas. Je me suis retourné. Ils étaient toujours à la même place et ils regardaient avec la même indifférence l'endroit que nous venions de quitter. Nous avons pris l'autobus. Raymond, qui paraissait tout à fait soulagé, n'arrêtait pas de faire des plaisanteries pour Marie. J'ai senti qu'elle lui plaisait, mais elle ne lui répondait presque pas. De temps en temps, elle le regardait en riant.

Nous sommes descendus dans la banlieue d'Alger. La plage n'est pas loin de l'arrêt d'autobus. Mais il a fallu traverser un petit plateau qui domine la mer et qui dévale ensuite vers la plage. Il était couvert de pierres jaunâtres et d'asphodèles tout blancs sur le bleu déjà dur du ciel. Marie s'amusait à en éparpiller les pétales à grands coups de son sac de toile cirée. Nous avons marché entre des files de petites villas à barrières vertes ou blanches, quelques-unes enfouies avec leurs vérandas sous les tamaris, quelques autres nues au milieu des pierres. Avant d'arriver au bord du plateau, on pouvait voir déjà la mer immobile et plus loin un cap somnolent et massif dans l'eau claire. Un léger bruit de moteur est monté dans l'air calme jusqu'à nous. Et nous avons vu, très loin, un petit chalutier qui avançait, imperceptiblement, sur la mer éclatante. Marie a cueilli quelques iris de roche. De la pente qui descendait vers la mer nous avons vu qu'il y avait déjà quelques baigneurs.

L'ami de Raymond habitait un petit cabanon de bois à l'extrémité de la plage. La maison était adossée à des rochers et les pilotis qui la soutenaient sur le devant baignaient déjà dans l'eau. Raymond nous a présentés. Son ami s'appelait Masson. C'était un grand type, massif de taille et d'épaules, avec une petite femme ronde et gentille, à l'accent parisien. Il nous a dit tout de suite de nous mettre à l'aise et qu'il y avait une friture de poissons qu'il avait pêchés le matin même. Je lui ai dit combien je trouvais sa maison jolie. Il m'a appris qu'il y venait passer le samedi, le dimanche et tous ses jours de congé. « Avec ma femme, on s'entend bien », a-t-il ajouté. Justement, sa femme riait avec Marie. Pour la première fois peut-être, j'ai pensé vraiment que j'allais me marier.

Masson voulait se baigner, mais sa femme et Raymond ne voulaient pas venir. Nous sommes descendus tous les trois et Marie s'est immédiatement jetée dans l'eau. Masson et moi, nous avons attendu un peu. Lui parlait lentement et j'ai remarqué qu'il avait l'habitude de compléter tout ce qu'il avançait par un « et je dirai plus », même quand, au fond, il n'ajoutait rien au sens de sa phrase. À propos de Marie, il m'a dit : « Elle est épatante, et je dirai plus, charmante. » Puis je n'ai plus fait attention à ce tic parce que j'étais occupé à éprouver que le soleil me faisait du bien. Le sable commençait à chauffer sous les pieds. J'ai retardé encore l'envie que j'avais de l'eau, mais j'ai fini par dire à Masson : « On y va ? » J'ai plongé. Lui est entré dans l'eau doucement et s'est jeté quand il a perdu pied. Il nageait à la brasse et assez mal, de sorte que je l'ai laissé pour rejoindre Marie. L'eau était froide et j'étais content de nager. Avec Marie, nous nous sommes éloignés et nous nous sentions d'accord dans nos gestes et dans notre contentement.

Au large, nous avons fait la planche et sur mon visage tourné vers le ciel le soleil écartait les derniers voiles d'eau qui me coulaient dans la bouche. Nous avons vu que Masson regagnait la plage pour s'étendre au soleil. De loin, il paraissait énorme. Marie a voulu que nous nagions ensemble. Je me suis mis derrière elle pour la prendre par la taille et elle avançait à la force des bras pendant que je l'aidais en battant des pieds. Le petit bruit de l'eau battue nous a suivis dans le matin jusqu'à ce que je me sente fatigué. Alors j'ai laissé Marie et je suis rentré en nageant régulièrement et en respirant bien. Sur la plage, je me suis étendu à plat ventre près de Masson et j'ai mis ma figure dans le sable. Je lui ai dit que « c'était bon » et il était de cet avis. Peu après, Marie est venue. Je me suis retourné pour la regarder avancer. Elle était toute visqueuse d'eau salée et elle tenait ses cheveux en arrière. Elle s'est allongée flanc à flanc avec moi et les deux chaleurs de son corps et du soleil m'ont un peu endormi.

Marie m'a secoué et m'a dit que Masson était remonté chez lui, il fallait déjeuner. Je me suis levé tout de suite parce que j'avais faim, mais Marie m'a dit que je ne l'avais pas embrassée depuis ce matin. C'était vrai et pourtant j'en avais envie. « Viens dans l'eau », m'a-t-elle dit. Nous avons couru pour nous étaler dans les premières petites vagues. Nous avons fait quelques brasses et elle s'est collée contre moi. J'ai senti ses jambes autour des miennes et je l'ai désirée.

Quand nous sommes revenus, Masson nous appelait déjà. J'ai dit que j'avais très faim et il a déclaré tout de suite à sa femme que je lui plaisais. Le pain était bon, j'ai dévoré ma part de poisson. Il y avait ensuite de la viande et des pommes de terre frites. Nous mangions tous sans parler. Masson buvait souvent du vin et il me servait sans arrêt. Au café, j'avais la tête un peu lourde et j'ai fumé beaucoup. Masson, Raymond et moi, nous avons envisagé de passer ensemble le mois d'août à la plage, à frais communs. Marie nous a dit tout d'un coup : « Vous savez quelle heure il est ? Il est onze heures et demie. » Nous étions tous étonnés, mais Masson a dit qu'on avait mangé très tôt, et que c'était naturel parce que l'heure du déjeuner, c'était l'heure où l'on avait faim. Je ne sais pas pourquoi cela a fait rire Marie. Je crois qu'elle avait un peu trop bu. Masson m'a demandé alors si je voulais me promener sur la plage avec lui. « Ma femme fait toujours la sieste après le déjeuner. Moi, je n'aime pas ça. Il faut que je marche. Je lui dis toujours que c'est meilleur pour la santé. Mais après tout, c'est son droit. » Marie a déclaré qu'elle resterait pour aider Mme Masson à faire la vaisselle. La petite Parisienne a dit que pour cela, il fallait mettre les hommes dehors. Nous sommes descendus tous les trois.

Le soleil tombait presque d'aplomb sur le sable et son éclat sur la mer était insoutenable. Il n'y avait plus personne sur la plage. Dans les cabanons qui bordaient le plateau et qui surplombaient la mer, on entendait des bruits d'assiettes et de couverts. On respirait à peine dans la chaleur de pierre qui montait du sol. Pour commencer, Raymond et Masson ont parlé de choses et de gens que je ne connaissais pas. J'ai compris qu'il y avait longtemps qu'ils se connaissaient et qu'ils avaient même vécu ensemble à un moment. Nous nous sommes dirigés vers l'eau et nous avons longé la mer. Quelquefois, une petite vague plus longue que l'autre venait mouiller nos souliers de toile. Je ne pensais à rien parce que j'étais à moitié endormi par ce soleil sur ma tête nue.

À ce moment, Raymond a dit à Masson quelque chose que j'ai mal entendu. Mais j'ai aperçu en même temps, tout au bout de la plage et très loin de nous, deux Arabes en bleu de chauffe qui venaient dans notre direction. J'ai regardé Raymond et il m'a dit : « C'est lui. » Nous avons continué à marcher. Masson a demandé comment ils avaient pu nous suivre jusque-là. J'ai pensé qu'ils avaient dû nous voir prendre l'autobus avec un sac de plage, mais je n'ai rien dit.

Les Arabes avançaient lentement et ils étaient déjà beaucoup plus rapprochés. Nous n'avons pas changé notre allure, mais Raymond a dit : « S'il y a de la bagarre, toi, Masson, tu prendras le deuxième. Moi, je me charge de mon type. Toi, Meursault, s'il en arrive un autre, il est pour toi. » J'ai dit : « Oui » et Masson a mis ses mains dans les poches. Le sable surchauffé me semblait rouge maintenant. Nous avancions d'un pas égal vers les Arabes. La distance entre nous a diminué régulièrement. Quand nous avons été à quelques pas les uns des autres, les Arabes se sont arrêtés. Masson et moi nous avons ralenti notre pas. Raymond est allé tout droit vers son type. J'ai mal entendu ce qu'il lui a dit, mais l'autre a fait mine de lui donner un coup de tête. Raymond a frappé alors une première fois et il a tout de suite appelé Masson. Masson est allé à celui qu'on lui avait désigné et il a frappé deux fois avec tout son poids. L'Arabe s'est aplati dans l'eau, la face contre le fond, et il est resté quelques secondes ainsi, des bulles crevant à la surface, autour de sa tête. Pendant ce temps Raymond aussi a frappé et l'autre avait la figure en sang. Raymond s'est retourné vers moi et a dit : « Tu vas voir ce qu'il va prendre. » Je lui ai crié : « Attention, il a un couteau ! » Mais déjà Raymond avait le bras ouvert et la bouche tailladée.

Masson a fait un bond en avant. Mais l'autre Arabe s'était relevé et il s'est placé derrière celui qui était armé. Nous n'avons pas osé bouger. Ils ont reculé lentement, sans cesser de nous regarder et de nous tenir en respect avec le couteau. Quand ils ont vu qu'ils avaient assez de champ, ils se sont enfuis très vite, pendant que nous restions cloués sous le soleil et que Raymond tenait serré son bras dégouttant de sang.

Masson a dit immédiatement qu'il y avait un docteur qui passait ses dimanches sur le plateau. Raymond a voulu y aller tout de suite. Mais chaque fois qu'il parlait, le sang de sa blessure faisait des bulles dans sa bouche. Nous l'avons soutenu et nous sommes revenus au cabanon aussi vite que possible. Là, Raymond a dit que ses blessures étaient superficielles et qu'il pouvait aller chez le docteur. Il est parti avec Masson et je suis resté pour expliquer aux femmes ce qui était arrivé. Mme Masson pleurait et Marie était très pâle. Moi, cela m'ennuyait de leur expliquer. J'ai fini par me taire et j'ai fumé en regardant la mer.

Vers une heure et demie, Raymond est revenu avec Masson. Il avait le bras bandé et du sparadrap au coin de la bouche. Le docteur lui avait dit que ce n'était rien, mais Raymond avait l'air très sombre. Masson a essayé de le faire rire. Mais il ne parlait toujours pas. Quand il a dit qu'il descendait sur la plage, je lui ai demandé où il allait. Masson et moi avons dit que nous allions l'accompagner. Alors, il s'est mis en colère et nous a insultés. Masson a déclaré qu'il ne fallait pas le contrarier. Moi, je l'ai suivi quand même.

Nous avons marché longtemps sur la plage. Le soleil était maintenant écrasant. Il se brisait en morceaux sur le sable et sur la mer. J'ai eu l'impression que Raymond savait où il allait, mais c'était sans doute faux. Tout au bout de la plage, nous sommes arrivés enfin à une petite source qui coulait dans le sable, derrière un gros rocher. Là, nous avons trouvé nos deux Arabes. Ils étaient couchés, dans leurs bleus de chauffe graisseux. Ils avaient l'air tout à fait calmes et presque contents. Notre venue n'a rien changé. Celui qui avait frappé Raymond le regardait sans rien dire. L'autre soufflait dans un petit roseau et répétait sans cesse, en nous regardant du coin de l'œil, les trois notes qu'il obtenait de son instrument.

Pendant tout ce temps, il n'y a plus eu que le soleil et ce silence, avec le petit bruit de la source et les trois notes. Puis Raymond a porté la main à sa poche revolver, mais l'autre n'a pas bougé et ils se regardaient toujours. J'ai remarqué que celui qui jouait de la flûte avait les doigts des pieds très écartés. Mais sans quitter des yeux son adversaire, Raymond m'a demandé : « Je le descends ? » J'ai pensé que si je disais non il s'exciterait tout seul et tirerait certainement. Je lui ai seulement dit : « Il ne t'a pas encore parlé. Ça ferait vilain de tirer comme ça. » On a encore entendu le petit bruit d'eau et de flûte au cœur du silence et de la chaleur. Puis Raymond a dit : « Alors, je vais l'insulter et quand il répondra, je le descendrai. » J'ai répondu : « C'est ça. Mais s'il ne sort pas son couteau, tu ne peux pas tirer. » Raymond a commencé à s'exciter un peu. L'autre jouait toujours et tous deux observaient chaque geste de Raymond. « Non, ai-je dit à Raymond. Prends-le d'homme à homme et donne-moi ton revolver. Si l'autre intervient, ou s'il tire son couteau, je le descendrai. »

Quand Raymond m'a donné son revolver, le soleil a glissé dessus. Pourtant, nous sommes restés encore immobiles comme si tout s'était refermé autour de nous. Nous nous regardions sans baisser les yeux et tout s'arrêtait ici entre la mer, le sable et le soleil, le double silence de la flûte et de l'eau. J'ai pensé à ce moment qu'on pouvait tirer ou ne pas tirer. Mais brusquement, les Arabes, à reculons, se sont coulés derrière le rocher. Raymond et moi sommes alors revenus sur nos pas. Lui paraissait mieux et il a parlé de l'autobus du retour.

Je l'ai accompagné jusqu'au cabanon et, pendant qu'il gravissait l'escalier de bois je suis resté devant la première marche, la tête retentissante de soleil, découragé devant l'effort qu'il fallait faire pour monter l'étage de bois et aborder encore les femmes. Mais la chaleur était telle qu'il m'était pénible aussi de rester immobile sous la pluie aveuglante qui tombait du ciel. Rester ici ou partir, cela revenait au même. Au bout d'un moment, je suis retourné vers la plage et je me suis mis à marcher.

C'était le même éclatement rouge. Sur le sable, la mer haletait de toute la respiration rapide et étouffée de ses petites vagues. Je marchais lentement vers les rochers et je sentais mon front se gonfler sous le soleil. Toute cette chaleur s'appuyait sur moi et s'opposait à mon avance. Et chaque fois que je sentais son grand souffle chaud sur mon visage, je serrais les dents, je fermais les poings dans les poches de mon pantalon, je me tendais tout entier pour triompher du soleil et de cette ivresse opaque qu'il me déversait. À chaque épée de lumière jaillie du sable, d'un coquillage blanchi ou d'un débris de verre, mes mâchoires se crispaient. J'ai marché longtemps.

Je voyais de loin la petite masse sombre du rocher entourée d'un halo aveuglant par la lumière et la poussière de mer. Je pensais à la source fraîche derrière le rocher. J'avais envie de retrouver le murmure de son eau, envie de fuir le soleil, l'effort et les pleurs de femme, envie enfin de retrouver l'ombre et son repos. Mais quand j'ai été plus près, j'ai vu que le type de Raymond était revenu.

Il était seul. Il reposait sur le dos, les mains sous la nuque, le front dans les ombres du rocher, tout le corps au soleil. Son bleu de chauffe fumait dans la chaleur. J'ai été un peu surpris. Pour moi, c'était une histoire finie et j'étais venu là sans y penser.

Dès qu'il m'a vu, il s'est soulevé un peu et a mis la main dans sa poche. Moi, naturellement, j'ai serré le revolver de Raymond dans mon veston. Alors de nouveau, il s'est laissé aller en arrière, mais sans retirer la main de sa poche. J'étais assez loin de lui, à une dizaine de mètres. Je devinais son regard par instants, entre ses paupières mi-closes. Mais le plus souvent, son image dansait devant mes yeux, dans l'air enflammé. Le bruit des vagues était encore plus paresseux, plus étale qu'à midi. C'était le même soleil, la même lumière sur le même sable qui se prolongeait ici. Il y avait déjà deux heures que la journée n'avançait plus, deux heures qu'elle avait jeté l'ancre dans un océan de métal bouillant. À l'horizon, un petit vapeur est passé et j'en ai deviné la tache noire au bord de mon regard, parce que je n'avais pas cessé de regarder l'Arabe.

J'ai pensé que je n'avais qu'un demi-tour à faire et ce serait fini. Mais toute une plage vibrante de soleil se pressait derrière moi. J'ai fait quelques pas vers la source. L'Arabe n'a pas bougé. Malgré tout, il était encore assez loin. Peut-être à cause des ombres sur son visage, il avait l'air de rire. J'ai attendu. La brûlure du soleil gagnait mes joues et j'ai senti des gouttes de sueur s'amasser dans mes sourcils. C'était le même soleil que le jour où j'avais enterré maman et, comme alors, le front surtout me faisait mal et toutes ses veines battaient ensemble sous la peau. À cause de cette brûlure que je ne pouvais plus supporter, j'ai fait un mouvement en avant. Je savais que c'était stupide, que je ne me débarrasserais pas du soleil en me déplaçant d'un pas. Mais j'ai fait un pas, un seul pas en avant. Et cette fois, sans se soulever, l'Arabe a tiré son couteau qu'il m'a présenté dans le soleil. La lumière a giclé sur l'acier et c'était comme une longue lame étincelante qui m'atteignait au front. Au même instant, la sueur amassée dans mes sourcils a coulé d'un coup sur les paupières et les a recouvertes d'un voile tiède et épais. Mes yeux étaient aveuglés derrière ce rideau de larmes et de sel. Je ne sentais plus que les cymbales du soleil sur mon front et, indistinctement, le glaive éclatant jailli du couteau toujours en face de moi. Cette épée brûlante rongeait mes cils et fouillait mes yeux douloureux. C'est alors que tout a vacillé. La mer a charrié un souffle épais et ardent. Il m'a semblé que le ciel s'ouvrait sur toute son étendue pour laisser pleuvoir du feu. Tout mon être s'est tendu et j'ai crispé ma main sur le revolver. La gâchette a cédé, j'ai touché le ventre poli de la crosse et c'est là, dans le bruit à la fois sec et assourdissant que tout a commencé. J'ai secoué la sueur et le soleil. J'ai compris que j'avais détruit l'équilibre du jour, le silence exceptionnel d'une plage où j'avais été heureux. Alors, j'ai tiré encore quatre fois sur un corps inerte où les balles s'enfonçaient sans qu'il y parût. Et c'était comme quatre coups brefs que je frappais sur la porte du malheur.

Deuxième partie

I

Tout de suite après mon arrestation, j'ai été interrogé plusieurs fois. Mais il s'agissait d'interrogatoires d'identité qui n'ont pas duré longtemps. La première fois au commissariat, mon affaire semblait n'intéresser personne. Huit jours après, le juge d'instruction, au contraire, m'a regardé avec curiosité. Mais pour commencer, il m'a seulement demandé mon nom et mon adresse, ma profession, la date et le lieu de ma naissance. Puis il a voulu savoir si j'avais choisi un avocat. J'ai reconnu que non et je l'ai questionné pour savoir s'il était absolument nécessaire d'en avoir un. « Pourquoi ? » a-t-il dit. J'ai répondu que je trouvais mon affaire très simple. Il a souri en disant : « C'est un avis. Pourtant, la loi est là. Si vous ne choisissez pas d'avocat, nous en désignerons un d'office. » J'ai trouvé qu'il était très commode que la justice se chargeât de ces détails. Je le lui ai dit. Il m'a approuvé et a conclu que la loi était bien faite.

Au début, je ne l'ai pas pris au sérieux. Il m'a reçu dans une pièce tendue de rideaux, il avait sur son bureau une seule lampe qui éclairait le fauteuil où il m'a fait asseoir pendant que lui-même restait dans l'ombre. J'avais déjà lu une description semblable dans des livres et tout cela m'a paru un jeu. Après notre conversation, au contraire, je l'ai regardé et j'ai vu un homme aux traits fins, aux yeux bleus enfoncés, grand, avec une longue moustache grise et d'abondants cheveux presque blancs. Il m'a paru très raisonnable, et, somme toute, sympathique, malgré quelques tics nerveux qui lui tiraient la bouche. En sortant, j'allais même lui tendre la main, mais je me suis souvenu à temps que j'avais tué un homme.

Le lendemain, un avocat est venu me voir à la prison. Il était petit et rond, assez jeune, les cheveux soigneusement collés. Malgré la chaleur (j'étais en manches de chemise), il avait un costume sombre, un col cassé et une cravate bizarre à grosses raies noires et blanches. Il a posé sur mon lit la serviette qu'il portait sous le bras, s'est présenté et m'a dit qu'il avait étudié mon dossier. Mon affaire était délicate, mais il ne doutait pas du succès, si je lui faisais confiance. Je l'ai remercié et il m'a dit : « Entrons dans le vif du sujet. »

Il s'est assis sur le lit et m'a expliqué qu'on avait pris des renseignements sur ma vie privée. On avait su que ma mère était morte récemment à l'asile. On avait alors fait une enquête à Marengo. Les instructeurs avaient appris que « j'avais fait preuve d'insensibilité » le jour de l'enterrement de maman. « Vous comprenez, m'a dit mon avocat, cela me gêne un peu de vous demander cela. Mais c'est très important. Et ce sera un gros argument pour l'accusation, si je ne trouve rien à répondre. » Il voulait que je l'aide. Il m'a demandé si j'avais eu de la peine ce jour-là. Cette question m'a beaucoup étonné et il me semblait que j'aurais été très gêné si j'avais eu à la poser. J'ai répondu cependant que j'avais un peu perdu l'habitude de m'interroger et qu'il m'était difficile de le renseigner. Sans doute, j'aimais bien maman, mais cela ne voulait rien dire. Tous les êtres sains avaient plus ou moins souhaité la mort de ceux qu'ils aimaient. Ici, l'avocat m'a coupé et a paru très agité. Il m'a fait promettre de ne pas dire cela à l'audience, ni chez le magistrat instructeur. Cependant, je lui ai expliqué que j'avais une nature telle que mes besoins physiques dérangeaient souvent mes sentiments. Le jour où j'avais enterré maman, j'étais très fatigué, et j'avais sommeil. De sorte que je ne me suis pas rendu compte de ce qui se passait. Ce que je pouvais dire à coup sûr, c'est que j'aurais préféré que maman ne mourût pas. Mais mon avocat n'avait pas l'air content. Il m'a dit : « Ceci n'est pas assez. »

Il a réfléchi. Il m'a demandé s'il pouvait dire que ce jour-là j'avais dominé mes sentiments naturels. Je lui ai dit : « Non, parce que c'est faux. » Il m'a regardé d'une façon bizarre, comme si je lui inspirais un peu de dégoût. Il m'a dit presque méchamment que dans tous les cas le directeur et le personnel de l'asile seraient entendus comme témoins et que « cela pouvait me jouer un très sale tour ». Je lui ai fait remarquer que cette histoire n'avait pas de rapport avec mon affaire, mais il m'a répondu seulement qu'il était visible que je n'avais jamais eu de rapports avec la justice.

Il est parti avec un air fâché. J'aurais voulu le retenir, lui expliquer que je désirais sa sympathie, non pour être mieux défendu, mais, si je puis dire, naturellement. Surtout, je voyais que je le mettais mal à l'aise. Il ne me comprenait pas et il m'en voulait un peu. J'avais le désir de lui affirmer que j'étais comme tout le monde, absolument comme tout le monde. Mais tout cela, au fond, n'avait pas grande utilité et j'y ai renoncé par paresse.

Peu de temps après, j'étais conduit de nouveau devant le juge d'instruction. Il était deux heures de l'après-midi et cette fois, son bureau était plein d'une lumière à peine tamisée par un rideau de voile. Il faisait très chaud. Il m'a fait asseoir et, avec beaucoup de courtoisie, m'a déclaré que mon avocat, « par suite d'un contretemps », n'avait pu venir. Mais j'avais le droit de ne pas répondre à ses questions et d'attendre que mon avocat pût m'assister. J'ai dit que je pouvais répondre seul. Il a touché du doigt un bouton sur la table. Un jeune greffier est venu s'installer presque dans mon dos.

Nous nous sommes tous les deux carrés dans nos fauteuils. L'interrogatoire a commencé. Il m'a d'abord dit qu'on me dépeignait comme étant d'un caractère taciturne et renfermé et il a voulu savoir ce que j'en pensais. J'ai répondu : « C'est que je n'ai jamais grand-chose à dire. Alors je me tais. » Il a souri comme la première fois, a reconnu que c'était la meilleure des raisons et a ajouté : « D'ailleurs, cela n'a aucune importance. » Il s'est tu, m'a regardé et s'est redressé assez brusquement pour me dire très vite : « Ce qui m'intéresse, c'est vous. » Je n'ai pas bien compris ce qu'il entendait par là et je n'ai rien répondu. « Il y a des choses, a-t-il ajouté, qui m'échappent dans votre geste. Je suis sûr que vous allez m'aider à les comprendre. » J'ai dit que tout était très simple. Il m'a pressé de lui retracer ma journée. Je lui ai retracé ce que déjà je lui avais raconté : Raymond, la plage, le bain, la querelle, encore la plage, la petite source, le soleil et les cinq coups de revolver. À chaque phrase il disait : « Bien, bien. » Quand je suis arrivé au corps étendu, il a approuvé en disant : « Bon. » Moi, j'étais lassé de répéter ainsi la même histoire et il me semblait que je n'avais jamais autant parlé.

Après un silence, il s'est levé et m'a dit qu'il voulait m'aider, que je l'intéressais et qu'avec l'aide de Dieu, il ferait quelque chose pour moi. Mais auparavant, il voulait me poser encore quelques questions. Sans transition, il m'a demandé si j'aimais maman. J'ai dit : « Oui, comme tout le monde » et le greffier, qui jusqu'ici tapait régulièrement sur sa machine, a dû se tromper de touches, car il s'est embarrassé et a été obligé de revenir en arrière. Toujours sans logique apparente, le juge m'a alors demandé si j'avais tiré les cinq coups de revolver à la suite. J'ai réfléchi et précisé que j'avais tiré une seule fois d'abord et, après quelques secondes, les quatre autres coups. « Pourquoi avez-vous attendu entre le premier et le second coup ? » dit-il alors. Une fois de plus, j'ai revu la plage rouge et j'ai senti sur mon front la brûlure du soleil. Mais cette fois, je n'ai rien répondu. Pendant tout le silence qui a suivi le juge a eu l'air de s'agiter. Il s'est assis, a fourragé dans ses cheveux, a mis ses coudes sur son bureau et s'est penché un peu vers moi avec un air étrange : « Pourquoi, pourquoi avez-vous tiré sur un corps à terre ? » Là encore, je n'ai pas su répondre. Le juge a passé ses mains sur son front et a répété sa question d'une voix un peu altérée :

« Pourquoi ? Il faut que vous me le disiez. Pourquoi ? »
Je me taisais toujours.

Brusquement, il s'est levé, a marché à grands pas vers une extrémité de son bureau et a ouvert un tiroir dans un classeur. Il en a tiré un crucifix d'argent qu'il a brandi en revenant vers moi. Et d'une voix toute changée, presque tremblante, il s'est écrié : « Est-ce que vous le connaissez, celui-là ? » J'ai dit : « Oui, naturellement. » Alors il m'a dit très vite et d'une façon passionnée que lui croyait en Dieu, que sa conviction était qu'aucun homme n'était assez coupable pour que Dieu ne lui pardonnât pas, mais qu'il fallait pour cela que l'homme par son repentir devînt comme un enfant dont l'âme est vide et prête à tout accueillir. Il avait tout son corps penché sur la table. Il agitait son crucifix presque au-dessus de moi. À vrai dire, je l'avais très mal suivi dans son raisonnement, d'abord parce que j'avais chaud et qu'il y avait dans son cabinet de grosses mouches qui se posaient sur ma figure, et aussi parce qu'il me faisait un peu peur. Je reconnaissais en même temps que c'était ridicule parce que, après tout, c'était moi le criminel. Il a continué pourtant. J'ai à peu près compris qu'à son avis il n'y avait qu'un point d'obscur dans ma confession, le fait d'avoir attendu pour tirer mon second coup de revolver. Pour le reste, c'était très bien, mais cela, il ne le comprenait pas.

J'allais lui dire qu'il avait tort de s'obstiner : ce dernier point n'avait pas tellement d'importance. Mais il m'a coupé et m'a exhorté une dernière fois, dressé de toute sa hauteur, en me demandant si je croyais en Dieu. J'ai répondu que non. Il s'est assis avec indignation. Il m'a dit que c'était impossible, que tous les hommes croyaient en Dieu, même ceux qui se détournaient de son visage. C'était là sa conviction et, s'il devait jamais en douter, sa vie n'aurait plus de sens. « Voulez-vous, s'est-il exclamé, que ma vie n'ait pas de sens ? » À mon avis, cela ne me regardait pas et je le lui ai dit. Mais à travers la table, il avançait déjà le Christ sous mes yeux et s'écriait d'une façon déraisonnable : « Moi, je suis chrétien. Je demande pardon de tes fautes à celui-là. Comment peux-tu ne pas croire qu'il a souffert pour toi ? » J'ai bien remarqué qu'il me tutoyait, mais j'en avais assez. La chaleur se faisait de plus en plus grande. Comme toujours, quand j'ai envie de me débarrasser de quelqu'un que j'écoute à peine, j'ai eu l'air d'approuver. À ma surprise, il a triomphé : « Tu vois, tu vois, disait-il. N'est-ce pas que tu crois et que tu vas te confier à lui ? » Évidemment, j'ai dit non une fois de plus. Il est retombé sur son fauteuil.

Il avait l'air très fatigué. Il est resté un moment silencieux pendant que la machine, qui n'avait pas cessé de suivre le dialogue, en prolongeait encore les dernières phrases. Ensuite, il m'a regardé attentivement et avec un peu de tristesse. Il a murmuré : « Je n'ai jamais vu d'âme aussi endurcie que la vôtre. Les criminels qui sont venus devant moi ont toujours pleuré devant cette image de la douleur. » J'allais répondre que c'était justement parce qu'il s'agissait de criminels. Mais j'ai pensé que moi aussi j'étais comme eux. C'était une idée à quoi je ne pouvais pas me faire. Le juge s'est alors levé, comme s'il me signifiait que l'interrogatoire était terminé. Il m'a seulement demandé du même air un peu las si je regrettais mon acte. J'ai réfléchi et j'ai dit que, plutôt que du regret véritable, j'éprouvais un certain ennui. J'ai eu l'impression qu'il ne me comprenait pas. Mais ce jour-là les choses ne sont pas allées plus loin.

Par la suite j'ai souvent revu le juge d'instruction. Seulement, j'étais accompagné de mon avocat à chaque fois. On se bornait à me faire préciser certains points de mes déclarations précédentes. Ou bien encore le juge discutait les charges avec mon avocat. Mais en vérité ils ne s'occupaient jamais de moi à ces moments-là. Peu à peu en tout cas, le ton des interrogatoires a changé. Il semblait que le juge ne s'intéressât plus à moi et qu'il eût classé mon cas en quelque sorte. Il ne m'a plus parlé de Dieu et je ne l'ai jamais revu dans l'excitation de ce premier jour. Le résultat, c'est que nos entretiens sont devenus plus cordiaux. Quelques questions, un peu de conversation avec mon avocat, les interrogatoires étaient finis. Mon affaire suivait son cours, selon l'expression même du juge. Quelquefois aussi, quand la conversation était d'ordre général, on m'y mêlait. Je commençais à respirer. Personne, en ces heures-là, n'était méchant avec moi. Tout était si naturel, si bien réglé et si sobrement joué que j'avais l'impression ridicule de « faire partie de la famille ». Et au bout des onze mois qu'a duré cette instruction, je peux dire que je m'étonnais presque de m'être jamais réjoui d'autre chose que de ces rares instants où le juge me reconduisait à la porte de son cabinet en me frappant sur l'épaule et en me disant d'un air cordial : « C'est fini pour aujourd'hui, monsieur l'Antéchrist. » On me remettait alors entre les mains des gendarmes.

2

Il y a des choses dont je n'ai jamais aimé parler. Quand je suis entré en prison, j'ai compris au bout de quelques jours que je n'aimerais pas parler de cette partie de ma vie.

Plus tard, je n'ai plus trouvé d'importance à ces répugnances. En réalité, je n'étais pas réellement en prison les premiers jours : j'attendais vaguement quelque événement nouveau. C'est seulement après la première et la seule visite de Marie que tout a commencé. Du jour où j'ai reçu sa lettre (elle me disait qu'on ne lui permettait plus de venir parce qu'elle n'était pas ma femme), de ce jour-là, j'ai senti que j'étais chez moi dans ma cellule et que ma vie s'y arrêtait. Le jour de mon arrestation, on m'a d'abord enfermé dans une chambre où il y avait déjà plusieurs détenus, la plupart des Arabes. Ils ont ri en me voyant. Puis ils m'ont demandé ce que j'avais fait. J'ai dit que j'avais tué un Arabe et ils sont restés silencieux. Mais un moment après, le soir est tombé. Ils m'ont expliqué comment il fallait arranger la natte où je devais coucher. En roulant une des extrémités, on pouvait en faire un traversin. Toute la nuit, des punaises ont couru sur mon visage. Quelques jours après, on m'a isolé dans une cellule où je couchais sur un bat-flanc de bois. J'avais un baquet d'aisances et une cuvette de fer. La prison était tout en haut de la ville et, par une petite fenêtre, je pouvais voir la mer. C'est un jour que j'étais agrippé aux barreaux, mon visage tendu vers la lumière, qu'un gardien est entré et m'a dit que j'avais une visite. J'ai pensé que c'était Marie. C'était bien elle.

J'ai suivi pour aller au parloir un long corridor, puis un escalier et pour finir un autre couloir. Je suis entré dans une très grande salle éclairée par une vaste baie. La salle était séparée en trois parties par deux grandes grilles qui la coupaient dans sa longueur. Entre les deux grilles se trouvait un espace de huit à dix mètres qui séparait les visiteurs des prisonniers. J'ai aperçu Marie en face de moi avec sa robe à raies et son visage bruni. De mon côté, il y avait une dizaine de détenus, des Arabes pour la plupart. Marie était entourée de Mauresques et se trouvait entre deux visiteuses : une petite vieille aux lèvres serrées, habillée de noir, et une grosse femme en cheveux qui parlait très fort avec beaucoup de gestes. À cause de la distance entre les grilles, les visiteurs et les prisonniers étaient obligés de parler très haut. Quand je suis entré, le bruit des voix qui rebondissaient contre les grands murs nus de la salle, la lumière crue qui coulait du ciel sur les vitres et rejaillissait dans la salle, me causèrent une sorte d'étourdissement. Ma cellule était plus calme et plus sombre. Il m'a fallu quelques secondes pour m'adapter. Pourtant, j'ai fini par voir chaque visage avec netteté, détaché dans le plein jour.

J'ai observé qu'un gardien se tenait assis à l'extrémité du couloir entre les deux grilles. La plupart des prisonniers arabes ainsi que leurs familles s'étaient accroupis en vis-à-vis. Ceux-là ne criaient pas. Malgré le tumulte, ils parvenaient à s'entendre en parlant très bas. Leur murmure sourd, parti de plus bas, formait comme une basse continue aux conversations qui s'entrecroisaient au-dessus de leurs têtes. Tout cela, je l'ai remarqué très vite en m'avançant vers Marie. Déjà collée contre la grille, elle me souriait de toutes ses forces. Je l'ai trouvée très belle, mais je n'ai pas su le lui dire.

« Alors ? m'a-t-elle dit très haut. — Alors, voilà. — Tu es bien, tu as tout ce que tu veux ? — Oui, tout. »

Nous nous sommes tus et Marie souriait toujours. La grosse femme hurlait vers mon voisin, son mari sans doute, un grand type blond au regard franc. C'était la suite d'une conversation déjà commencée.

« Jeanne n'a pas voulu le prendre, criait-elle à tue-tête. — Oui, oui, disait l'homme. — Je lui ai dit que tu le reprendrais en sortant, mais elle n'a pas voulu le prendre. »

Marie a crié de son côté que Raymond me donnait le bonjour et j'ai dit : « Merci. » Mais ma voix a été couverte par mon voisin qui a demandé « s'il allait bien ». Sa femme a ri en disant « qu'il ne s'était jamais mieux porté ». Mon voisin de gauche, un petit jeune homme aux mains fines, ne disait rien. J'ai remarqué qu'il était en face de la petite vieille et que tous les deux se regardaient avec intensité. Mais je n'ai pas eu le temps de les observer plus longtemps parce que Marie m'a crié qu'il fallait espérer. J'ai dit : « Oui. » En même temps, je la regardais et j'avais envie de serrer son épaule par-dessus sa robe. J'avais envie de ce tissu fin et je ne savais pas très bien ce qu'il fallait espérer en dehors de lui. Mais c'était bien sans doute ce que Marie voulait dire parce qu'elle souriait toujours. Je ne voyais plus que l'éclat de ses dents et les petits plis de ses yeux. Elle a crié de nouveau : « Tu sortiras et on se mariera ! » J'ai répondu : « Tu crois ? » mais c'était surtout pour dire quelque chose. Elle a dit alors très vite et toujours très haut que oui, que je serais acquitté et qu'on prendrait encore des bains. Mais l'autre femme hurlait de son côté et disait qu'elle avait laissé un panier au greffe. Elle énumérait tout ce qu'elle y avait mis. Il fallait vérifier, car tout cela coûtait cher. Mon autre voisin et sa mère se regardaient toujours. Le murmure des Arabes continuait au-dessous de nous. Dehors la lumière a semblé se gonfler contre la baie.

Je me sentais un peu malade et j'aurais voulu partir. Le bruit me faisait mal. Mais d'un autre côté, je voulais profiter encore de la présence de Marie. Je ne sais pas combien de temps a passé. Marie m'a parlé de son travail et elle souriait sans arrêt. Le murmure, les cris, les conversations se croisaient. Le seul îlot de silence était à côté de moi dans ce petit jeune homme et cette vieille qui se regardaient. Peu à peu, on a emmené les Arabes. Presque tout le monde s'est tu dès que le premier est sorti. La petite vieille s'est rapprochée des barreaux et, au même moment, un gardien a fait signe à son fils. Il a dit : « Au revoir, maman » et elle a passé sa main entre deux barreaux pour lui faire un petit signe lent et prolongé.

Elle est partie pendant qu'un homme entrait, le chapeau à la main, et prenait sa place. On a introduit un prisonnier et ils se sont parlé avec animation, mais à demi-voix, parce que la pièce était redevenue silencieuse. On est venu chercher mon voisin de droite et sa femme lui a dit sans baisser le ton comme si elle n'avait pas remarqué qu'il n'était plus nécessaire de crier : « Soigne-toi bien et fais attention. » Puis est venu mon tour. Marie a fait signe qu'elle m'embrassait. Je me suis retourné avant de disparaître. Elle était immobile, le visage écrasé contre la grille, avec le même sourire écartelé et crispé.

C'est peu après qu'elle m'a écrit. Et c'est à partir de ce moment qu'ont commencé les choses dont je n'ai jamais aimé parler. De toute façon, il ne faut rien exagérer et cela m'a été plus facile qu'à d'autres. Au début de ma détention, pourtant, ce qui a été le plus dur, c'est que j'avais des pensées d'homme libre. Par exemple, l'envie me prenait d'être sur une plage et de descendre vers la mer. À imaginer le bruit des premières vagues sous la plante de mes pieds, l'entrée du corps dans l'eau et la délivrance que j'y trouvais, je sentais tout d'un coup combien les murs de ma prison étaient rapprochés. Mais cela dura quelques mois. Ensuite, je n'avais que des pensées de prisonnier. J'attendais la promenade quotidienne que je faisais dans la cour ou la visite de mon avocat. Je m'arrangeais très bien avec le reste de mon temps. J'ai souvent pensé alors que si l'on m'avait fait vivre dans un tronc d'arbre sec, sans autre occupation que de regarder la fleur du ciel au-dessus de ma tête, je m'y serais peu à peu habitué. J'aurais attendu des passages d'oiseaux ou des rencontres de nuages comme j'attendais ici les curieuses cravates de mon avocat et comme, dans un autre monde, je patientais jusqu'au samedi pour étreindre le corps de Marie. Or, à bien réfléchir, je n'étais pas dans un arbre sec. Il y avait plus malheureux que moi. C'était d'ailleurs une idée de maman, et elle le répétait souvent, qu'on finissait par s'habituer à tout.

Du reste, je n'allais pas si loin d'ordinaire. Les premiers mois ont été durs. Mais justement l'effort que j'ai dû faire aidait à les passer. Par exemple, j'étais tourmenté par le désir d'une femme. C'était naturel, j'étais jeune. Je ne pensais jamais à Marie particulièrement. Mais je pensais tellement à une femme, aux femmes, à toutes celles que j'avais connues, à toutes les circonstances où je les avais aimées, que ma cellule s'emplissait de tous les visages et se peuplait de mes désirs. Dans un sens, cela me déséquilibrait. Mais dans un autre, cela tuait le temps. J'avais fini par gagner la sympathie du gardien-chef qui accompagnait à l'heure des repas le garçon de cuisine. C'est lui qui, d'abord, m'a parlé des femmes. Il m'a dit que c'était la première chose dont se plaignaient les autres. Je lui ai dit que j'étais comme eux et que je trouvais ce traitement injuste. « Mais, a-t-il dit, c'est justement pour ça qu'on vous met en prison. — Comment, pour ça ? — Mais oui, la liberté, c'est ça. On vous prive de la liberté. » Je n'avais jamais pensé à cela. Je l'ai approuvé : « C'est vrai, lui ai-je dit, où serait la punition ? — Oui, vous comprenez les choses, vous. Les autres non. Mais ils finissent par se soulager eux-mêmes. » Le gardien est parti ensuite.

Il y a eu aussi les cigarettes. Quand je suis entré en prison, on m'a pris ma ceinture, mes cordons de souliers, ma cravate et tout ce que je portais dans mes poches, mes cigarettes en particulier. Une fois en cellule, j'ai demandé qu'on me les rende. Mais on m'a dit que c'était défendu. Les premiers jours ont été très durs. C'est peut-être cela qui m'a le plus abattu. Je suçais des morceaux de bois que j'arrachais de la planche de mon lit. Je promenais toute la journée une nausée perpétuelle. Je ne comprenais pas pourquoi on me privait de cela qui ne faisait de mal à personne. Plus tard, j'ai compris que cela faisait partie aussi de la punition. Mais à ce moment-là, je m'étais habitué à ne plus fumer et cette punition n'en était plus une pour moi.

À part ces ennuis, je n'étais pas trop malheureux. Toute la question, encore une fois, était de tuer le temps. J'ai fini par ne plus m'ennuyer du tout à partir de l'instant où j'ai appris à me souvenir. Je me mettais quelquefois à penser à ma chambre et, en imagination, je partais d'un coin pour y revenir en dénombrant mentalement tout ce qui se trouvait sur mon chemin. Au début, c'était vite fait. Mais chaque fois que je recommençais, c'était un peu plus long. Car je me souvenais de chaque meuble, et, pour chacun d'entre eux, de chaque objet qui s'y trouvait et, pour chaque objet, de tous les détails et pour les détails eux-mêmes, une incrustation, une fêlure ou un bord ébréché, de leur couleur ou de leur grain. En même temps, j'essayais de ne pas perdre le fil de mon inventaire, de faire une énumération complète. Si bien qu'au bout de quelques semaines, je pouvais passer des heures, rien qu'à dénombrer ce qui se trouvait dans ma chambre. Ainsi, plus je réfléchissais et plus de choses méconnues et oubliées je sortais de ma mémoire. J'ai compris alors qu'un homme qui n'aurait vécu qu'un seul jour pourrait sans peine vivre cent ans dans une prison. Il aurait assez de souvenirs pour ne pas s'ennuyer. Dans un sens, c'était un avantage.

Il y avait aussi le sommeil. Au début, je dormais mal la nuit et pas du tout le jour. Peu à peu, mes nuits ont été meilleures et j'ai pu dormir aussi le jour. Je peux dire que, dans les derniers mois, je dormais de seize à dix-huit heures par jour. Il me restait alors six heures à tuer avec les repas, les besoins naturels, mes souvenirs et l'histoire du Tchécoslovaque.

Entre ma paillasse et la planche du lit, j'avais trouvé, en effet, un vieux morceau de journal presque collé à l'étoffe, jauni et transparent. Il relatait un fait divers dont le début manquait, mais qui avait dû se passer en Tchécoslovaquie. Un homme était parti d'un village tchèque pour faire fortune. Au bout de vingt-cinq ans, riche, il était revenu avec une femme et un enfant. Sa mère tenait un hôtel avec sa sœur dans son village natal. Pour les surprendre, il avait laissé sa femme et son enfant dans un autre établissement, était allé chez sa mère qui ne l'avait pas reconnu quand il était entré. Par plaisanterie, il avait eu l'idée de prendre une chambre. Il avait montré son argent. Dans la nuit, sa mère et sa sœur l'avaient assassiné à coups de marteau pour le voler et avaient jeté son corps dans la rivière. Le matin, la femme était venue, avait révélé sans le savoir l'identité du voyageur. La mère s'était pendue. La sœur s'était jetée dans un puits. J'ai dû lire cette histoire des milliers de fois. D'un côté, elle était invraisemblable. D'un autre, elle était naturelle. De toute façon, je trouvais que le voyageur l'avait un peu mérité et qu'il ne faut jamais jouer.

Ainsi, avec les heures de sommeil, les souvenirs, la lecture de mon fait divers et l'alternance de la lumière et de l'ombre, le temps a passé. J'avais bien lu qu'on finissait par perdre la notion du temps en prison. Mais cela n'avait pas beaucoup de sens pour moi. Je n'avais pas compris à quel point les jours pouvaient être à la fois longs et courts. Longs à vivre sans doute, mais tellement distendus qu'ils finissaient par déborder les uns sur les autres. Ils y perdaient leur nom. Les mots hier ou demain étaient les seuls qui gardaient un sens pour moi.

Lorsqu'un jour, le gardien m'a dit que j'étais là depuis cinq mois, je l'ai cru, mais je ne l'ai pas compris. Pour moi, c'était sans cesse le même jour qui déferlait dans ma cellule et la même tâche que je poursuivais. Ce jour-là, après le départ du gardien, je me suis regardé dans ma gamelle de fer. Il m'a semblé que mon image restait sérieuse alors même que j'essayais de lui sourire. Je l'ai agitée devant moi. J'ai souri et elle a gardé le même air sévère et triste. Le jour finissait et c'était l'heure dont je ne veux pas parler, l'heure sans nom, où les bruits du soir montaient de tous les étages de la prison dans un cortège de silence. Je me suis approché de la lucarne et, dans la dernière lumière, j'ai contemplé une fois de plus mon image. Elle était toujours sérieuse, et quoi d'étonnant puisque, à ce moment, je l'étais aussi ? Mais en même temps et pour la première fois depuis des mois, j'ai entendu distinctement le son de ma voix. Je l'ai reconnue pour celle qui résonnait déjà depuis de longs jours à mes oreilles et j'ai compris que pendant tout ce temps j'avais parlé seul. Je me suis souvenu alors de ce que disait l'infirmière à l'enterrement de maman. Non, il n'y avait pas d'issue et personne ne peut imaginer ce que sont les soirs dans les prisons.

3

Je peux dire qu'au fond l'été a très vite remplacé l'été. Je savais qu'avec la montée des premières chaleurs surviendrait quelque chose de nouveau pour moi. Mon affaire était inscrite à la dernière session de la cour d'assises et cette session se terminerait avec le mois de juin. Les débats se sont ouverts avec, au-dehors, tout le plein du soleil. Mon avocat m'avait assuré qu'ils ne dureraient pas plus de deux ou trois jours. « D'ailleurs, avait-il ajouté, la cour sera pressée parce que votre affaire n'est pas la plus importante de la session. Il y a un parricide qui passera tout de suite après. »

À sept heures et demie du matin, on est venu me chercher et la voiture cellulaire m'a conduit au palais de justice. Les deux gendarmes m'ont fait entrer dans une petite pièce qui sentait l'ombre. Nous avons attendu, assis près d'une porte derrière laquelle on entendait des voix, des appels, des bruits de chaises et tout un remue-ménage qui m'a fait penser à ces fêtes de quartier où, après le concert, on range la salle pour pouvoir danser. Les gendarmes m'ont dit qu'il fallait attendre la cour et l'un d'eux m'a offert une cigarette que j'ai refusée. Il m'a demandé peu après « si j'avais le trac ». J'ai répondu que non. Et même, dans un sens, cela m'intéressait de voir un procès. Je n'en avais jamais eu l'occasion dans ma vie : « Oui, a dit le second gendarme, mais cela finit par fatiguer. »

Après un peu de temps, une petite sonnerie a résonné dans la pièce. Ils m'ont alors ôté les menottes. Ils ont ouvert la porte et m'ont fait entrer dans le box des accusés. La salle était pleine à craquer. Malgré les stores, le soleil s'infiltrait par endroits et l'air était déjà étouffant. On avait laissé les vitres closes. Je me suis assis et les gendarmes m'ont encadré. C'est à ce moment que j'ai aperçu une rangée de visages devant moi. Tous me regardaient : j'ai compris que c'étaient les jurés. Mais je ne peux pas dire ce qui les distinguait les uns des autres. Je n'ai eu qu'une impression : j'étais devant une banquette de tramway et tous ces voyageurs anonymes épiaient le nouvel arrivant pour en apercevoir les ridicules. Je sais bien que c'était une idée niaise puisque ici ce n'était pas le ridicule qu'ils cherchaient, mais le crime. Cependant la différence n'est pas grande et c'est en tout cas l'idée qui m'est venue.

J'étais un peu étourdi aussi par tout ce monde dans cette salle close. J'ai regardé encore le prétoire et je n'ai distingué aucun visage. Je crois bien que d'abord je ne m'étais pas rendu compte que tout le monde se pressait pour me voir. D'habitude, les gens ne s'occupaient pas de ma personne. Il m'a fallu un effort pour comprendre que j'étais la cause de toute cette agitation. J'ai dit au gendarme : « Que de monde ! » Il m'a répondu que c'était à cause des journaux et il m'a montré un groupe qui se tenait près d'une table sous le banc des jurés. Il m'a dit : « Les voilà. » J'ai demandé : « Qui ? » et il a répété : « Les journaux. » Il connaissait l'un des journalistes qui l'a vu à ce moment et qui s'est dirigé vers nous. C'était un homme déjà âgé, sympathique, avec un visage un peu grimaçant. Il a serré la main du gendarme avec beaucoup de chaleur. J'ai remarqué à ce moment que tout le monde se rencontrait, s'interpellait et conversait, comme dans un club où l'on est heureux de se retrouver entre gens du même monde. Je me suis expliqué aussi la bizarre impression que j'avais d'être de trop, un peu comme un intrus. Pourtant, le journaliste s'est adressé à moi en souriant. Il m'a dit qu'il espérait que tout irait bien pour moi. Je l'ai remercié et il a ajouté : « Vous savez, nous avons monté un peu votre affaire. L'été, c'est la saison creuse pour les journaux. Et il n'y avait que votre histoire et celle du parricide qui vaillent quelque chose. » Il m'a montré ensuite, dans le groupe qu'il venait de quitter, un petit bonhomme qui ressemblait à une belette engraissée, avec d'énormes lunettes cerclées de noir. Il m'a dit que c'était l'envoyé spécial d'un journal de Paris : « Il n'est pas venu pour vous, d'ailleurs. Mais comme il est chargé de rendre compte du procès du parricide, on lui a demandé de câbler votre affaire en même temps. » Là encore, j'ai failli le remercier. Mais j'ai pensé que ce serait ridicule. Il m'a fait un petit signe cordial de la main et nous a quittés. Nous avons encore attendu quelques minutes.

Mon avocat est arrivé, en robe, entouré de beaucoup d'autres confrères. Il est allé vers les journalistes, a serré des mains. Ils ont plaisanté, ri et ils avaient l'air tout à fait à leur aise, jusqu'au moment où la sonnerie a retenti dans le prétoire. Tout le monde a regagné sa place. Mon avocat est venu vers moi, m'a serré la main et m'a conseillé de répondre brièvement aux questions qu'on me poserait, de ne pas prendre d'initiatives et de me reposer sur lui pour le reste.

À ma gauche, j'ai entendu le bruit d'une chaise qu'on reculait et j'ai vu un grand homme mince, vêtu de rouge, portant lorgnon, qui s'asseyait en pliant sa robe avec soin. C'était le procureur. Un huissier a annoncé la cour. Au même moment, deux gros ventilateurs ont commencé de vrombir. Trois juges, deux en noir, le troisième en rouge, sont entrés avec des dossiers et ont marché très vite vers la tribune qui dominait la salle. L'homme en robe rouge s'est assis sur le fauteuil du milieu, a posé sa toque devant lui, essuyé son petit crâne chauve avec un mouchoir et déclaré que l'audience était ouverte.

Les journalistes tenaient déjà leur stylo en main. Ils avaient tous le même air indifférent et un peu narquois. Pourtant, l'un d'entre eux, beaucoup plus jeune, habillé en flanelle grise avec une cravate bleue, avait laissé son stylo devant lui et me regardait. Dans son visage un peu asymétrique, je ne voyais que ses deux yeux, très clairs, qui m'examinaient attentivement, sans rien exprimer qui fût définissable. Et j'ai eu l'impression bizarre d'être regardé par moi-même. C'est peut-être pour cela, et aussi parce que je ne connaissais pas les usages du lieu, que je n'ai pas très bien compris tout ce qui s'est passé ensuite, le tirage au sort des jurés, les questions posées par le président à l'avocat, au procureur et au jury (à chaque fois, toutes les têtes des jurés se retournaient en même temps vers la cour), une lecture rapide de l'acte d'accusation, où je reconnaissais des noms de lieux et de personnes, et de nouvelles questions à mon avocat.

Mais le président a dit qu'il allait faire procéder à l'appel des témoins. L'huissier a lu des noms qui ont attiré mon attention. Du sein de ce public tout à l'heure informe, j'ai vu se lever un à un, pour disparaître ensuite par une porte latérale, le directeur et le concierge de l'asile, le vieux Thomas Pérez, Raymond, Masson, Salamano, Marie. Celle-ci m'a fait un petit signe anxieux. Je m'étonnais encore de ne pas les avoir aperçus plus tôt, lorsque à l'appel de son nom, le dernier, Céleste, s'est levé. J'ai reconnu à côté de lui la petite bonne femme du restaurant, avec sa jaquette et son air précis et décidé. Elle me regardait avec intensité. Mais je n'ai pas eu le temps de réfléchir parce que le président a pris la parole. Il a dit que les véritables débats allaient commencer et qu'il croyait inutile de recommander au public d'être calme. Selon lui, il était là pour diriger avec impartialité les débats d'une affaire qu'il voulait considérer avec objectivité. La sentence rendue par le jury serait prise dans un esprit de justice et, dans tous les cas, il ferait évacuer la salle au moindre incident.

La chaleur montait et je voyais dans la salle les assistants s'éventer avec des journaux. Cela faisait un petit bruit continu de papier froissé. Le président a fait un signe et l'huissier a apporté trois éventails de paille tressée que les trois juges ont utilisés immédiatement.

Mon interrogatoire a commencé aussitôt. Le président m'a questionné avec calme et même, m'a-t-il semblé, avec une nuance de cordialité. On m'a encore fait décliner mon identité et malgré mon agacement, j'ai pensé qu'au fond c'était assez naturel, parce qu'il serait trop grave de juger un homme pour un autre. Puis le président a recommencé le récit de ce que j'avais fait, en s'adressant à moi toutes les trois phrases pour me demander : « Est-ce bien cela ? » À chaque fois, j'ai répondu : « Oui, monsieur le Président », selon les instructions de mon avocat. Cela a été long parce que le président apportait beaucoup de minutie dans son récit. Pendant tout ce temps, les journalistes écrivaient. Je sentais les regards du plus jeune d'entre eux et de la petite automate. La banquette de tramway était tout entière tournée vers le président. Celui-ci a toussé, feuilleté son dossier et il s'est tourné vers moi en s'éventant.

Il m'a dit qu'il devait aborder maintenant des questions apparemment étrangères à mon affaire, mais qui peut-être la touchaient de fort près. J'ai compris qu'il allait encore parler de maman et j'ai senti en même temps combien cela m'ennuyait. Il m'a demandé pourquoi j'avais mis maman à l'asile. J'ai répondu que c'était parce que je manquais d'argent pour la faire garder et soigner. Il m'a demandé si cela m'avait coûté personnellement et j'ai répondu que ni maman ni moi n'attendions plus rien l'un de l'autre, ni d'ailleurs de personne, et que nous nous étions habitués tous les deux à nos vies nouvelles. Le président a dit alors qu'il ne voulait pas insister sur ce point et il a demandé au procureur s'il ne voyait pas d'autre question à me poser.

Celui-ci me tournait à demi le dos et, sans me regarder, il a déclaré qu'avec l'autorisation du président il aimerait savoir si j'étais retourné vers la source tout seul avec l'intention de tuer l'Arabe. « Non », ai-je dit. « Alors, pourquoi était-il armé et pourquoi revenir vers cet endroit précisément ? » J'ai dit que c'était le hasard. Et le procureur a noté avec un accent mauvais : « Ce sera tout pour le moment. » Tout ensuite a été un peu confus, du moins pour moi. Mais après quelques conciliabules, le président a déclaré que l'audience était levée et renvoyée à l'après-midi pour l'audition des témoins.

Je n'ai pas eu le temps de réfléchir. On m'a emmené, fait monter dans la voiture cellulaire et conduit à la prison où j'ai mangé. Au bout de très peu de temps, juste assez pour me rendre compte que j'étais fatigué, on est revenu me chercher ; tout a recommencé et je me suis trouvé dans la même salle, devant les mêmes visages. Seulement la chaleur était beaucoup plus forte et comme par un miracle chacun des jurés, le procureur, mon avocat et quelques journalistes étaient munis aussi d'éventails de paille. Le jeune journaliste et la petite femme étaient toujours là. Mais ils ne s'éventaient pas et me regardaient encore sans rien dire.

J'ai essuyé la sueur qui couvrait mon visage et je n'ai repris un peu conscience du lieu et de moi-même que lorsque j'ai entendu appeler le directeur de l'asile. On lui a demandé si maman se plaignait de moi et il a dit que oui mais que c'était un peu la manie de ses pensionnaires de se plaindre de leurs proches. Le président lui a fait préciser si elle me reprochait de l'avoir mise à l'asile et le directeur a dit encore oui. Mais cette fois, il n'a rien ajouté. À une autre question, il a répondu qu'il avait été surpris de mon calme le jour de l'enterrement. On lui a demandé ce qu'il entendait par calme. Le directeur a regardé alors le bout de ses souliers et il a dit que je n'avais pas voulu voir maman, je n'avais pas pleuré une seule fois et j'étais parti aussitôt après l'enterrement sans me recueillir sur sa tombe. Une chose encore l'avait surpris : un employé des pompes funèbres lui avait dit que je ne savais pas l'âge de maman. Il y a eu un moment de silence et le président lui a demandé si c'était bien de moi qu'il avait parlé. Comme le directeur ne comprenait pas la question, il lui a dit : « C'est la loi. » Puis le président a demandé à l'avocat général s'il n'avait pas de question à poser au témoin et le procureur s'est écrié : « Oh ! non, cela suffit », avec un tel éclat et un tel regard triomphant dans ma direction que, pour la première fois depuis bien des années, j'ai eu une envie stupide de pleurer parce que j'ai senti combien j'étais détesté par tous ces gens-là.

Après avoir demandé au jury et à mon avocat s'ils avaient des questions à poser, le président a entendu le concierge. Pour lui comme pour tous les autres, le même cérémonial s'est répété. En arrivant, le concierge m'a regardé et il a détourné les yeux. Il a répondu aux questions qu'on lui posait. Il a dit que je n'avais pas voulu voir maman, que j'avais fumé, que j'avais dormi et que j'avais pris du café au lait. J'ai senti alors quelque chose qui soulevait toute la salle et, pour la première fois, j'ai compris que j'étais coupable. On a fait répéter au concierge l'histoire du café au lait et celle de la cigarette. L'avocat général m'a regardé avec une lueur ironique dans les yeux. À ce moment, mon avocat a demandé au concierge s'il n'avait pas fumé avec moi. Mais le procureur s'est élevé avec violence contre cette question : « Quel est le criminel ici et quelles sont ces méthodes qui consistent à salir les témoins de l'accusation pour minimiser des témoignages qui n'en demeurent pas moins écrasants ! » Malgré tout, le président a demandé au concierge de répondre à la question. Le vieux a dit d'un air embarrassé : « Je sais bien que j'ai eu tort. Mais je n'ai pas osé refuser la cigarette que Monsieur m'a offerte. » En dernier lieu, on m'a demandé si je n'avais rien à ajouter. « Rien, ai-je répondu, seulement que le témoin a raison. Il est vrai que je lui ai offert une cigarette. » Le concierge m'a regardé alors avec un peu d'étonnement et une sorte de gratitude. Il a hésité, puis il a dit que c'était lui qui m'avait offert le café au lait. Mon avocat a triomphé bruyamment et a déclaré que les jurés apprécieraient. Mais le procureur a tonné au-dessus de nos têtes et il a dit : « Oui, MM. les jurés apprécieront. Et ils concluront qu'un étranger pouvait proposer du café, mais qu'un fils devait le refuser devant le corps de celle qui lui avait donné le jour. » Le concierge a regagné son banc.

Quand est venu le tour de Thomas Pérez, un huissier a dû le soutenir jusqu'à la barre. Pérez a dit qu'il avait surtout connu ma mère et qu'il ne m'avait vu qu'une fois, le jour de l'enterrement. On lui a demandé ce que j'avais fait ce jour-là et il a répondu : « Vous comprenez, moi-même j'avais trop de peine. Alors, je n'ai rien vu. C'était la peine qui m'empêchait de voir. Parce que c'était pour moi une très grosse peine. Et même, je me suis évanoui. Alors, je n'ai pas pu voir Monsieur. » L'avocat général lui a demandé si, du moins, il m'avait vu pleurer. Pérez a répondu que non. Le procureur a dit alors à son tour : « MM. les jurés apprécieront. » Mais mon avocat s'est fâché. Il a demandé à Pérez, sur un ton qui m'a semblé exagéré, « s'il avait vu que je ne pleurais pas ». Pérez a dit : « Non. » Le public a ri. Et mon avocat, en retroussant une de ses manches, a dit d'un ton péremptoire : « Voilà l'image de ce procès. Tout est vrai et rien n'est vrai ! » Le procureur avait le visage fermé et piquait un crayon dans les titres de ses dossiers.

Après cinq minutes de suspension pendant lesquelles mon avocat m'a dit que tout allait pour le mieux, on a entendu Céleste qui était cité par la défense. La défense, c'était moi. Céleste jetait de temps en temps des regards de mon côté et roulait un panama entre ses mains. Il portait le costume neuf qu'il mettait pour venir avec moi, certains dimanches, aux courses de chevaux. Mais je crois qu'il n'avait pas pu mettre son col parce qu'il portait seulement un bouton de cuivre pour tenir sa chemise fermée. On lui a demandé si j'étais son client et il a dit : « Oui, mais c'était aussi un ami », ce qu'il pensait de moi et il a répondu que j'étais un homme ; ce qu'il entendait par là et il a déclaré que tout le monde savait ce que cela voulait dire, s'il avait remarqué que j'étais renfermé et il a reconnu seulement que je ne parlais pas pour ne rien dire. L'avocat général lui a demandé si je payais régulièrement ma pension. Céleste a ri et il a déclaré : « C'étaient des détails entre nous. » On lui a demandé encore ce qu'il pensait de mon crime. Il a mis alors ses mains sur la barre et l'on voyait qu'il avait préparé quelque chose. Il a dit : « Pour moi, c'est un malheur. Un malheur, tout le monde sait ce que c'est. Ça vous laisse sans défense. Eh bien ! pour moi c'est un malheur. » Il allait continuer, mais le président lui a dit que c'était bien et qu'on le remerciait. Alors Céleste est resté un peu interdit. Mais il a déclaré qu'il voulait encore parler. On lui a demandé d'être bref. Il a encore répété que c'était un malheur. Et le président lui a dit : « Oui, c'est entendu. Mais nous sommes là pour juger les malheurs de ce genre. Nous vous remercions. » Comme s'il était arrivé au bout de sa science et de sa bonne volonté, Céleste s'est alors retourné vers moi. Il m'a semblé que ses yeux brillaient et que ses lèvres tremblaient. Il avait l'air de me demander ce qu'il pouvait encore faire. Moi, je n'ai rien dit, je n'ai fait aucun geste, mais c'est la première fois de ma vie que j'ai eu envie d'embrasser un homme. Le président lui a encore enjoint de quitter la barre. Céleste est allé s'asseoir dans le prétoire. Pendant tout le reste de l'audience, il est resté là, un peu penché en avant, les coudes sur les genoux, le panama entre les mains, à écouter tout ce qui se disait. Marie est entrée. Elle avait mis un chapeau et elle était encore belle. Mais je l'aimais mieux avec ses cheveux libres. De l'endroit où j'étais, je devinais le poids léger de ses seins et je reconnaissais sa lèvre inférieure toujours un peu gonflée. Elle semblait très nerveuse. Tout de suite, on lui a demandé depuis quand elle me connaissait. Elle a indiqué l'époque où elle travaillait chez nous. Le président a voulu savoir quels étaient ses rapports avec moi. Elle a dit qu'elle était mon amie. À une autre question, elle a répondu qu'il était vrai qu'elle devait m'épouser. Le procureur qui feuilletait un dossier lui a demandé brusquement de quand datait notre liaison. Elle a indiqué la date. Le procureur a remarqué d'un air indifférent qu'il lui semblait que c'était le lendemain de la mort de maman. Puis il a dit avec quelque ironie qu'il ne voudrait pas insister sur une situation délicate, qu'il comprenait bien les scrupules de Marie, mais (et ici son accent s'est fait plus dur) que son devoir lui commandait de s'élever au-dessus des convenances. Il a donc demandé à Marie de résumer cette journée où je l'avais connue. Marie ne voulait pas parler, mais devant l'insistance du procureur, elle a dit notre bain, notre sortie au cinéma et notre rentrée chez moi. L'avocat général a dit qu'à la suite des déclarations de Marie à l'instruction, il avait consulté les programmes de cette date. Il a ajouté que Marie elle-même dirait quel film on passait alors. D'une voix presque blanche, en effet, elle a indiqué que c'était un film de Fernandel. Le silence était complet dans la salle quand elle a eu fini. Le procureur s'est alors levé, très grave et d'une voix que j'ai trouvée vraiment émue, le doigt tendu vers moi, il a articulé lentement : « Messieurs les jurés, le lendemain de la mort de sa mère, cet homme prenait des bains, commençait une liaison irrégulière, et allait rire devant un film comique. Je n'ai rien de plus à vous dire. » Il s'est assis, toujours dans le silence. Mais, tout d'un coup, Marie a éclaté en sanglots, a dit que ce n'était pas cela, qu'il y avait autre chose, qu'on la forçait à dire le contraire de ce qu'elle pensait, qu'elle me connaissait bien et que je n'avais rien fait de mal. Mais l'huissier, sur un signe du président, l'a emmenée et l'audience s'est poursuivie.

C'est à peine si, ensuite, on a écouté Masson qui a déclaré que j'étais un honnête homme « et qu'il dirait plus, j'étais un brave homme ». C'est à peine encore si on a écouté Salamano quand il a rappelé que j'avais été bon pour son chien et quand il a répondu à une question sur ma mère et sur moi en disant que je n'avais plus rien à dire à maman et que je l'avais mise pour cette raison à l'asile. « Il faut comprendre, disait Salamano, il faut comprendre. » Mais personne ne paraissait comprendre. On l'a emmené.

Puis est venu le tour de Raymond, qui était le dernier témoin. Raymond m'a fait un petit signe et a dit tout de suite que j'étais innocent. Mais le président a déclaré qu'on ne lui demandait pas des appréciations, mais des faits. Il l'a invité à attendre des questions pour répondre. On lui a fait préciser ses relations avec la victime. Raymond en a profité pour dire que c'était lui que cette dernière haïssait depuis qu'il avait giflé sa sœur. Le président lui a demandé cependant si la victime n'avait pas de raison de me haïr. Raymond a dit que ma présence à la plage était le résultat d'un hasard. Le procureur lui a demandé alors comment il se faisait que la lettre qui était à l'origine du drame avait été écrite par moi. Raymond a répondu que c'était un hasard. Le procureur a rétorqué que le hasard avait déjà beaucoup de méfaits sur la conscience dans cette histoire. Il a voulu savoir si c'était par hasard que je n'étais pas intervenu quand Raymond avait giflé sa maîtresse, par hasard que j'avais servi de témoin au commissariat, par hasard encore que mes déclarations lors de ce témoignage s'étaient révélées de pure complaisance. Pour finir, il a demandé à Raymond quels étaient ses moyens d'existence, et comme ce dernier répondait : « Magasinier », l'avocat général a déclaré aux jurés que de notoriété générale le témoin exerçait le métier de souteneur. J'étais son complice et son ami. Il s'agissait d'un drame crapuleux de la plus basse espèce, aggravé du fait qu'on avait affaire à un monstre moral. Raymond a voulu se défendre et mon avocat a protesté, mais on leur a dit qu'il fallait laisser terminer le procureur. Celui-ci a dit : « J'ai peu de chose à ajouter. Était-il votre ami ? » a-t-il demandé à Raymond. « Oui, a dit celui-ci, c'était mon copain. » L'avocat général m'a posé alors la même question et j'ai regardé Raymond qui n'a pas détourné les yeux. J'ai répondu : « Oui. » Le procureur s'est alors retourné vers le jury et a déclaré : « Le même homme qui au lendemain de la mort de sa mère se livrait à la débauche la plus honteuse a tué pour des raisons futiles et pour liquider une affaire de mœurs inqualifiable. »

Il s'est assis alors. Mais mon avocat, à bout de patience, s'est écrié en levant les bras, de sorte que ses manches en retombant ont découvert les plis d'une chemise amidonnée : « Enfin, est-il accusé d'avoir enterré sa mère ou d'avoir tué un homme ? » Le public a ri. Mais le procureur s'est redressé encore, s'est drapé dans sa robe et a déclaré qu'il fallait avoir l'ingénuité de l'honorable défenseur pour ne pas sentir qu'il y avait entre ces deux ordres de faits une relation profonde, pathétique, essentielle. « Oui, s'est-il écrié avec force, j'accuse cet homme d'avoir enterré une mère avec un cœur de criminel. » Cette déclaration a paru faire un effet considérable sur le public. Mon avocat a haussé les épaules et essuyé la sueur qui couvrait son front. Mais lui-même paraissait ébranlé et j'ai compris que les choses n'allaient pas bien pour moi.

L'audience a été levée. En sortant du palais de justice pour monter dans la voiture, j'ai reconnu un court instant l'odeur et la couleur du soir d'été. Dans l'obscurité de ma prison roulante, j'ai retrouvé un à un, comme du fond de ma fatigue, tous les bruits familiers d'une ville que j'aimais et d'une certaine heure où il m'arrivait de me sentir content. Le cri des vendeurs de journaux dans l'air déjà détendu, les derniers oiseaux dans le square, l'appel des marchands de sandwiches, la plainte des tramways dans les hauts tournants de la ville et cette rumeur du ciel avant que la nuit bascule sur le port, tout cela recomposait pour moi un itinéraire d'aveugle, que je connaissais bien avant d'entrer en prison. Oui, c'était l'heure où, il y avait bien longtemps, je me sentais content. Ce qui m'attendait alors, c'était toujours un sommeil léger et sans rêves. Et pourtant quelque chose était changé puisque, avec l'attente du lendemain, c'est ma cellule que j'ai retrouvée. Comme si les chemins familiers tracés dans les ciels d'été pouvaient mener aussi bien aux prisons qu'aux sommeils innocents.

4

Même sur un banc d'accusé, il est toujours intéressant d'entendre parler de soi. Pendant les plaidoiries du procureur et de mon avocat, je peux dire qu'on a beaucoup parlé de moi et peut-être plus de moi que de mon crime. Étaient-elles si différentes, d'ailleurs, ces plaidoiries ? L'avocat levait les bras et plaidait coupable, mais avec excuses. Le procureur tendait ses mains et dénonçait la culpabilité, mais sans excuses. Une chose pourtant me gênait vaguement. Malgré mes préoccupations, j'étais parfois tenté d'intervenir et mon avocat me disait alors : « Taisez-vous, cela vaut mieux pour votre affaire. » En quelque sorte, on avait l'air de traiter cette affaire en dehors de moi. Tout se déroulait sans mon intervention. Mon sort se réglait sans qu'on prenne mon avis. De temps en temps, j'avais envie d'interrompre tout le monde et de dire : « Mais tout de même, qui est l'accusé ? C'est important d'être l'accusé. Et j'ai quelque chose à dire. » Mais réflexion faite, je n'avais rien à dire. D'ailleurs, je dois reconnaître que l'intérêt qu'on trouve à occuper les gens ne dure pas longtemps. Par exemple, la plaidoirie du procureur m'a très vite lassé.

Ce sont seulement des fragments, des gestes ou des tirades entières, mais détachées de l'ensemble, qui m'ont frappé ou ont éveillé mon intérêt.

Le fond de sa pensée, si j'ai bien compris, c'est que j'avais prémédité mon crime. Du moins, il a essayé de le démontrer. Comme il le disait lui-même : « J'en ferai la preuve, messieurs, et je la ferai doublement. Sous l'aveuglante clarté des faits d'abord et ensuite dans l'éclairage sombre que me fournira la psychologie de cette âme criminelle. » Il a résumé les faits à partir de la mort de maman. Il a rappelé mon insensibilité, l'ignorance où j'étais de l'âge de maman, mon bain du lendemain, avec une femme, le cinéma, Fernandel et enfin la rentrée avec Marie. J'ai mis du temps à le comprendre, à ce moment, parce qu'il disait « sa maîtresse » et pour moi, elle était Marie. Ensuite, il en est venu à l'histoire de Raymond. J'ai trouvé que sa façon de voir les événements ne manquait pas de clarté. Ce qu'il disait était plausible. J'avais écrit la lettre d'accord avec Raymond pour attirer sa maîtresse et la livrer aux mauvais traitements d'un homme « de moralité douteuse ». J'avais provoqué sur la plage les adversaires de Raymond. Celui-ci avait été blessé. Je lui avais demandé son revolver. J'étais revenu seul pour m'en servir. J'avais abattu l'Arabe comme je le projetais. J'avais attendu. Et « pour être sûr que la besogne était bien faite », j'avais tiré encore quatre balles, posément, à coup sûr, d'une façon réfléchie en quelque sorte.

« Et voilà, messieurs, a dit l'avocat général. J'ai retracé devant vous le fil d'événements qui a conduit cet homme à tuer en pleine connaissance de cause. J'insiste là-dessus, a-t-il dit. Car il ne s'agit pas d'un assassinat ordinaire, d'un acte irréfléchi que vous pourriez estimer atténué par les circonstances. Cet homme, messieurs, cet homme est intelligent. Vous l'avez entendu, n'est-ce pas ? Il sait répondre. Il connaît la valeur des mots. Et l'on ne peut pas dire qu'il a agi sans se rendre compte de ce qu'il faisait. »

Moi j'écoutais et j'entendais qu'on me jugeait intelligent. Mais je ne comprenais pas bien comment les qualités d'un homme ordinaire pouvaient devenir des charges écrasantes contre un coupable. Du moins, c'était cela qui me frappait et je n'ai plus écouté le procureur jusqu'au moment où je l'ai entendu dire : « A-t-il seulement exprimé des regrets ? Jamais, messieurs. Pas une seule fois au cours de l'instruction cet homme n'a paru ému de son abominable forfait. » À ce moment, il s'est tourné vers moi et m'a désigné du doigt en continuant à m'accabler sans qu'en réalité je comprenne bien pourquoi. Sans doute, je ne pouvais pas m'empêcher de reconnaître qu'il avait raison. Je ne regrettais pas beaucoup mon acte. Mais tant d'acharnement m'étonnait. J'aurais voulu essayer de lui expliquer cordialement, presque avec affection, que je n'avais jamais pu regretter vraiment quelque chose. J'étais toujours pris par ce qui allait arriver, par aujourd'hui ou par demain. Mais naturellement, dans l'état où l'on m'avait mis, je ne pouvais parler à personne sur ce ton. Je n'avais pas le droit de me montrer affectueux, d'avoir de la bonne volonté. Et j'ai essayé d'écouter encore parce que le procureur s'est mis à parler de mon âme.

Il disait qu'il s'était penché sur elle et qu'il n'avait rien trouvé, messieurs les jurés. Il disait qu'à la vérité, je n'en avais point, d'âme, et que rien d'humain, et pas un des principes moraux qui gardent le cœur des hommes ne m'était accessible. « Sans doute, ajoutait-il, nous ne saurions le lui reprocher. Ce qu'il ne saurait acquérir, nous ne pouvons nous plaindre qu'il en manque. Mais quand il s'agit de cette cour, la vertu toute négative de la tolérance doit se muer en celle, moins facile, mais plus élevée, de la justice. Surtout lorsque le vide du cœur tel qu'on le découvre chez cet homme devient un gouffre où la société peut succomber. » C'est alors qu'il a parlé de mon attitude envers maman. Il a répété ce qu'il avait dit pendant les débats. Mais il a été beaucoup plus long que lorsqu'il parlait de mon crime, si long même que, finalement, je n'ai plus senti que la chaleur de cette matinée. Jusqu'au moment, du moins, où l'avocat général s'est arrêté et, après un moment de silence, a repris d'une voix très basse et très pénétrée : « Cette même cour, messieurs, va juger demain le plus abominable des forfaits : le meurtre d'un père. » Selon lui, l'imagination reculait devant cet atroce attentat. Il osait espérer que la justice des hommes punirait sans faiblesse. Mais, il ne craignait pas de le dire, l'horreur que lui inspirait ce crime le cédait presque à celle qu'il ressentait devant mon insensibilité. Toujours selon lui, un homme qui tuait moralement sa mère se retranchait de la société des hommes au même titre que celui qui portait une main meurtrière sur l'auteur de ses jours. Dans tous les cas, le premier préparait les actes du second, il les annonçait en quelque sorte et il les légitimait. « J'en suis persuadé, messieurs, a-t-il ajouté en élevant la voix, vous ne trouverez pas ma pensée trop audacieuse, si je dis que l'homme qui est assis sur ce banc est coupable aussi du meurtre que cette cour devra juger demain. Il doit être puni en conséquence.» Ici, le procureur a essuyé son visage brillant de sueur. Il a dit enfin que son devoir était douloureux, mais qu'il l'accomplirait fermement. Il a déclaré que je n'avais rien à faire avec une société dont je méconnaissais les règles les plus essentielles et que je ne pouvais pas en appeler à ce cœur humain dont j'ignorais les réactions élémentaires. «Je vous demande la tête de cet homme, a-t-il dit, et c'est le cœur léger que je vous la demande. Car s'il m'est arrivé au cours de ma déjà longue carrière de réclamer des peines capitales, jamais autant qu'aujourd'hui, je n'ai senti ce pénible devoir compensé, balancé, éclairé par la conscience d'un commandement impérieux et sacré et par l'horreur que je ressens devant un visage d'homme où je ne lis rien que de monstrueux.»

Quand le procureur s'est rassis, il y a eu un moment de silence assez long. Moi, j'étais étourdi de chaleur et d'étonnement. Le président a toussé un peu et sur un ton très bas, il m'a demandé si je n'avais rien à ajouter. Je me suis levé et comme j'avais envie de parler, j'ai dit, un peu au hasard d'ailleurs, que je n'avais pas eu l'intention de tuer l'Arabe. Le président a répondu que c'était une affirmation, que jusqu'ici il saisissait mal mon système de défense et qu'il serait heureux, avant d'entendre mon avocat, de me faire préciser les motifs qui avaient inspiré mon acte. J'ai dit rapidement, en mêlant un peu les mots et en me rendant compte de mon ridicule, que c'était à cause du soleil. Il y a eu des rires dans la salle. Mon avocat a haussé les épaules et tout de suite après, on lui a donné la parole. Mais il a déclaré qu'il était tard, qu'il en avait pour plusieurs heures et qu'il demandait le renvoi à l'après-midi. La cour y a consenti.

L'après-midi, les grands ventilateurs brassaient toujours l'air épais de la salle, et les petits éventails multicolores des jurés s'agitaient tous dans le même sens. La plaidoirie de mon avocat me semblait ne devoir jamais finir. À un moment donné, cependant, je l'ai écouté parce qu'il disait : « Il est vrai que j'ai tué. » Puis il a continué sur ce ton, disant « je » chaque fois qu'il parlait de moi. J'étais très étonné. Je me suis penché vers un gendarme et je lui ai demandé pourquoi. Il m'a dit de me taire et, après un moment, il a ajouté : « Tous les avocats font ça. » Moi, j'ai pensé que c'était m'écarter encore de l'affaire, me réduire à zéro et, en un certain sens, se substituer à moi. Mais je crois que j'étais déjà très loin de cette salle d'audience. D'ailleurs, mon avocat m'a semblé ridicule. Il a plaidé la provocation très rapidement et puis lui aussi a parlé de mon âme. Mais il m'a paru qu'il avait beaucoup moins de talent que le procureur. « Moi aussi, a-t-il dit, je me suis penché sur cette âme, mais, contrairement à l'éminent représentant du ministère public, j'ai trouvé quelque chose et je puis dire que j'y ai lu à livre ouvert. » Il y avait lu que j'étais un honnête homme, un travailleur régulier, infatigable, fidèle à la maison qui l'employait, aimé de tous et compatissant aux misères d'autrui. Pour lui, j'étais un fils modèle qui avait soutenu sa mère aussi longtemps qu'il l'avait pu. Finalement j'avais espéré qu'une maison de retraite donnerait à la vieille femme le confort que mes moyens ne me permettaient pas de lui procurer. « Je m'étonne, messieurs, a-t-il ajouté, qu'on ait mené si grand bruit autour de cet asile. Car enfin, s'il fallait donner une preuve de l'utilité et de la grandeur de ces institutions, il faudrait bien dire que c'est l'État lui-même qui les subventionne. » Seulement, il n'a pas parlé de l'enterrement et j'ai senti que cela manquait dans sa plaidoirie. Mais à cause de toutes ces longues phrases, de toutes ces journées et ces heures interminables pendant lesquelles on avait parlé de mon âme, j'ai eu l'impression que tout devenait comme une eau incolore où je trouvais le vertige.

À la fin, je me souviens seulement que, de la rue et à travers tout l'espace des salles et des prétoires, pendant que mon avocat continuait à parler, la trompette d'un marchand de glace a résonné jusqu'à moi. J'ai été assailli des souvenirs d'une vie qui ne m'appartenait plus, mais où j'avais trouvé les plus pauvres et les plus tenaces de mes joies : des odeurs d'été, le quartier que j'aimais, un certain ciel du soir, le rire et les robes de Marie. Tout ce que je faisais d'inutile en ce lieu m'est alors remonté à la gorge, et je n'ai eu qu'une hâte, c'est qu'on en finisse et que je retrouve ma cellule avec le sommeil. C'est à peine si j'ai entendu mon avocat s'écrier, pour finir, que les jurés ne voudraient pas envoyer à la mort un travailleur honnête perdu par une minute d'égarement, et demander les circonstances atténuantes pour un crime dont je traînais déjà, comme le plus sûr de mes châtiments, le remords éternel. La cour a suspendu l'audience et l'avocat s'est assis d'un air épuisé. Mais ses collègues sont venus vers lui pour lui serrer la main. J'ai entendu : « Magnifique, mon cher. » L'un d'eux m'a même pris à témoin : « Hein ? » m'a-t-il dit. J'ai acquiescé, mais mon compliment n'était pas sincère, parce que j'étais trop fatigué.

Pourtant, l'heure déclinait au-dehors et la chaleur était moins forte. Aux quelques bruits de rue que j'entendais, je devinais la douceur du soir. Nous étions là, tous, à attendre. Et ce qu'ensemble nous attendions ne concernait que moi. J'ai encore regardé la salle. Tout était dans le même état que le premier jour. J'ai rencontré le regard du journaliste à la veste grise et de la femme automate. Cela m'a donné à penser que je n'avais pas cherché Marie du regard pendant tout le procès. Je ne l'avais pas oubliée, mais j'avais trop à faire. Je l'ai vue entre Céleste et Raymond. Elle m'a fait un petit signe comme si elle disait : « Enfin », et j'ai vu son visage un peu anxieux qui souriait. Mais je sentais mon cœur fermé et je n'ai même pas pu répondre à son sourire.

La cour est revenue. Très vite, on a lu aux jurés une série de questions. J'ai entendu « coupable de meurtre »... « préméditation »... « circonstances atténuantes ». Les jurés sont sortis et l'on m'a emmené dans la petite pièce où j'avais déjà attendu. Mon avocat est venu me rejoindre : il était très volubile et m'a parlé avec plus de confiance et de cordialité qu'il ne l'avait jamais fait. Il pensait que tout irait bien et que je m'en tirerais avec quelques années de prison ou de bagne. Je lui ai demandé s'il y avait des chances de cassation en cas de jugement défavorable. Il m'a dit que non. Sa tactique avait été de ne pas déposer de conclusions pour ne pas indisposer le jury. Il m'a expliqué qu'on ne cassait pas un jugement, comme cela, pour rien. Cela m'a paru évident et je me suis rendu à ses raisons. À considérer froidement la chose, c'était tout à fait naturel. Dans le cas contraire, il y aurait trop de paperasses inutiles. « De toute façon, m'a dit mon avocat, il y a le pourvoi. Mais je suis persuadé que l'issue sera favorable. »

Nous avons attendu très longtemps, près de trois quarts d'heure, je crois. Au bout de ce temps, une sonnerie a retenti. Mon avocat m'a quitté en disant : « Le président du jury va lire les réponses. On ne vous fera entrer que pour l'énoncé du jugement. » Des portes ont claqué. Des gens couraient dans des escaliers dont je ne savais pas s'ils étaient proches ou éloignés. Puis j'ai entendu une voix sourde lire quelque chose dans la salle. Quand la sonnerie a encore retenti, que la porte du box s'est ouverte, c'est le silence de la salle qui est monté vers moi, le silence, et cette singulière sensation que j'ai eue lorsque j'ai constaté que le jeune journaliste avait détourné ses yeux. Je n'ai pas regardé du côté de Marie. Je n'en ai pas eu le temps parce que le président m'a dit dans une forme bizarre que j'aurais la tête tranchée sur une place publique au nom du peuple français. Il m'a semblé alors reconnaître le sentiment que je lisais sur tous les visages. Je crois bien que c'était de la considération. Les gendarmes étaient très doux avec moi. L'avocat a posé sa main sur mon poignet. Je ne pensais plus à rien. Mais le président m'a demandé si je n'avais rien à ajouter. J'ai réfléchi. J'ai dit : « Non. » C'est alors qu'on m'a emmené.

5

Pour la troisième fois, j'ai refusé de recevoir l'aumônier. Je n'ai rien à lui dire, je n'ai pas envie de parler, je le verrai bien assez tôt. Ce qui m'intéresse en ce moment, c'est d'échapper à la mécanique, de savoir si l'inévitable peut avoir une issue. On m'a changé de cellule. De celle-ci, lorsque je suis allongé, je vois le ciel et je ne vois que lui. Toutes mes journées se passent à regarder sur son visage le déclin des couleurs qui conduit le jour à la nuit. Couché, je passe les mains sous ma tête et j'attends. Je ne sais combien de fois je me suis demandé s'il y avait des exemples de condamnés à mort qui eussent échappé au mécanisme implacable, disparu avant l'exécution, rompu les cordons d'agents. Je me reprochais alors de n'avoir pas prêté assez d'attention aux récits d'exécution. On devrait toujours s'intéresser à ces questions. On ne sait jamais ce qui peut arriver. Comme tout le monde, j'avais lu des comptes rendus dans les journaux. Mais il y avait certainement des ouvrages spéciaux que je n'avais jamais eu la curiosité de consulter. Là, peut-être, j'aurais trouvé des récits d'évasion. J'aurais appris que dans un cas au moins la roue s'était arrêtée, que dans cette préméditation irrésistible, le hasard et la chance, une fois seulement, avaient changé quelque chose. Une fois ! Dans un sens, je crois que cela m'aurait suffi. Mon cœur aurait fait le reste. Les journaux parlaient souvent d'une dette qui était due à la société. Il fallait, selon eux, la payer. Mais cela ne parle pas à l'imagination. Ce qui comptait, c'était une possibilité d'évasion, un saut hors du rite implacable, une course à la folie qui offrît toutes les chances de l'espoir. Naturellement, l'espoir, c'était d'être abattu au coin d'une rue, en pleine course, et d'une balle à la volée. Mais tout bien considéré, rien ne me permettait ce luxe, tout me l'interdisait, la mécanique me reprenait.

Malgré ma bonne volonté, je ne pouvais pas accepter cette certitude insolente. Car enfin, il y avait une disproportion ridicule entre le jugement qui l'avait fondée et son déroulement imperturbable à partir du moment où ce jugement avait été prononcé. Le fait que la sentence avait été lue à vingt heures plutôt qu'à dix-sept, le fait qu'elle aurait pu être tout autre, qu'elle avait été prise par des hommes qui changent de linge, qu'elle avait été portée au crédit d'une notion aussi imprécise que le peuple français (ou allemand, ou chinois), il me semblait bien que tout cela enlevait beaucoup de sérieux à une telle décision. Pourtant, j'étais obligé de reconnaître que dès la seconde où elle avait été prise, ses effets devenaient aussi certains, aussi sérieux, que la présence de ce mur tout le long duquel j'écrasais mon corps.

Je me suis souvenu dans ces moments d'une histoire que maman me racontait à propos de mon père. Je ne l'avais pas connu. Tout ce que je connaissais de précis sur cet homme, c'était peut-être ce que m'en disait alors maman : il était allé voir exécuter un assassin. Il était malade à l'idée d'y aller. Il l'avait fait cependant et au retour il avait vomi une partie de la matinée. Mon père me dégoûtait un peu alors. Maintenant je comprenais, c'était si naturel. Comment n'avais-je pas vu que rien n'était plus important qu'une exécution capitale et que, en somme, c'était la seule chose vraiment intéressante pour un homme ! Si jamais je sortais de cette prison, j'irais voir toutes les exécutions capitales. J'avais tort, je crois, de penser à cette possibilité. Car à l'idée de me voir libre par un petit matin derrière un cordon d'agents, de l'autre côté en quelque sorte, à l'idée d'être le spectateur qui vient voir et qui pourra vomir après, un flot de joie empoisonnée me montait au cœur. Mais ce n'était pas raisonnable. J'avais tort de me laisser aller à ces suppositions parce que, l'instant d'après, j'avais si affreusement froid que je me recroquevillais sous ma couverture. Je claquais des dents sans pouvoir me retenir.

Mais, naturellement, on ne peut pas être toujours raisonnable. D'autres fois, par exemple, je faisais des projets de loi. Je réformais les pénalités. J'avais remarqué que l'essentiel était de donner une chance au condamné. Une seule sur mille, cela suffisait pour arranger bien des choses. Ainsi, il me semblait qu'on pouvait trouver une combinaison chimique dont l'absorption tuerait le patient (je pensais : le patient) neuf fois sur dix. Lui le saurait, c'était la condition. Car en réfléchissant bien, en considérant les choses avec calme, je constatais que ce qui était défectueux avec le couperet, c'est qu'il n'y avait aucune chance, absolument aucune. Une fois pour toutes, en somme, la mort du patient avait été décidée. C'était une affaire classée, une combinaison bien arrêtée, un accord entendu et sur lequel il n'était pas question de revenir. Si le coup ratait, par extraordinaire, on recommençait. Par suite, ce qu'il y avait d'ennuyeux, c'est qu'il fallait que le condamné souhaitât le bon fonctionnement de la machine. Je dis que c'est le côté défectueux. Cela est vrai, dans un sens. Mais, dans un autre sens, j'étais obligé de reconnaître que tout le secret d'une bonne organisation était là. En somme, le condamné était obligé de collaborer moralement. C'était son intérêt que tout marchât sans accroc.

J'étais obligé de constater aussi que jusqu'ici j'avais eu sur ces questions des idées qui n'étaient pas justes. J'ai cru longtemps — et je ne sais pas pourquoi — que pour aller à la guillotine, il fallait monter sur un échafaud, gravir des marches. Je crois que c'était à cause de la Révolution de 1789, je veux dire à cause de tout ce qu'on m'avait appris ou fait voir sur ces questions. Mais un matin, je me suis souvenu d'une photographie publiée par les journaux à l'occasion d'une exécution retentissante. En réalité, la machine était posée à même le sol, le plus simplement du monde. Elle était beaucoup plus étroite que je ne le pensais. C'était assez drôle que je ne m'en fusse pas avisé plus tôt. Cette machine sur le cliché m'avait frappé par son aspect d'ouvrage de précision, fini et étincelant. On se fait toujours des idées exagérées de ce qu'on ne connaît pas. Je devais constater au contraire que tout était simple : la machine est au même niveau que l'homme qui marche vers elle. Il la rejoint comme on marche à la rencontre d'une personne. Cela aussi était ennuyeux. La montée vers l'échafaud, l'ascension en plein ciel, l'imagination pouvait s'y raccrocher. Tandis que, là encore, la mécanique écrasait tout : on était tué discrètement, avec un peu de honte et beaucoup de précision.

Il y avait aussi deux choses à quoi je réfléchissais tout le temps : l'aube et mon pourvoi. Je me raisonnais cependant et j'essayais de n'y plus penser. Je m'étendais, je regardais le ciel, je m'efforçais de m'y intéresser. Il devenait vert, c'était le soir. Je faisais encore un effort pour détourner le cours de mes pensées. J'écoutais mon cœur. Je ne pouvais imaginer que ce bruit qui m'accompagnait depuis si longtemps pût jamais cesser. Je n'ai jamais eu de véritable imagination. J'essayais pourtant de me représenter une certaine seconde où le battement de ce cœur ne se prolongerait plus dans ma tête. Mais en vain. L'aube ou mon pourvoi étaient là. Je finissais par me dire que le plus raisonnable était de ne pas me contraindre.

C'est à l'aube qu'ils venaient, je le savais. En somme, j'ai occupé mes nuits à attendre cette aube. Je n'ai jamais aimé être surpris. Quand il m'arrive quelque chose, je préfère être là. C'est pourquoi j'ai fini par ne plus dormir qu'un peu dans mes journées et, tout le long de mes nuits, j'ai attendu patiemment que la lumière naisse sur la vitre du ciel. Le plus difficile, c'était l'heure douteuse où je savais qu'ils opéraient d'habitude. Passé minuit, j'attendais et je guettais. Jamais mon oreille n'avait perçu tant de bruits, distingué de sons si ténus. Je peux dire, d'ailleurs, que d'une certaine façon j'ai eu de la chance pendant toute cette période, puisque je n'ai jamais entendu de pas. Maman disait souvent qu'on n'est jamais tout à fait malheureux. Je l'approuvais dans ma prison, quand le ciel se colorait et qu'un nouveau jour glissait dans ma cellule. Parce qu'aussi bien, j'aurais pu entendre des pas et mon cœur aurait pu éclater. Même si le moindre glissement me jetait à la porte, même si, l'oreille collée au bois, j'attendais éperdument jusqu'à ce que j'entende ma propre respiration, effrayé de la trouver rauque et si pareille au râle d'un chien, au bout du compte, mon cœur n'éclatait pas et j'avais encore gagné vingt-quatre heures.

Pendant tout le jour, il y avait mon pourvoi. Je crois que j'ai tiré le meilleur parti de cette idée. Je calculais mes effets et j'obtenais de mes réflexions le meilleur rendement. Je prenais toujours la plus mauvaise supposition : mon pourvoi était rejeté. « Eh bien, je mourrai donc. » Plus tôt que d'autres, c'était évident. Mais tout le monde sait que la vie ne vaut pas la peine d'être vécue. Dans le fond, je n'ignorais pas que mourir à trente ans ou à soixante-dix ans importe peu puisque, naturellement, dans les deux cas, d'autres hommes et d'autres femmes vivront, et cela pendant des milliers d'années. Rien n'était plus clair, en somme. C'était toujours moi qui mourrais, que ce soit maintenant ou dans vingt ans. À ce moment, ce qui me gênait un peu dans mon raisonnement, c'était ce bond terrible que je sentais en moi à la pensée de vingt ans de vie à venir. Mais je n'avais qu'à l'étouffer en imaginant ce que seraient mes pensées dans vingt ans quand il me faudrait quand même en venir là. Du moment qu'on meurt, comment et quand, cela n'importe pas, c'était évident. Donc (et le difficile c'était de ne pas perdre de vue tout ce que ce « donc » représentait de raisonnements), donc, je devais accepter le rejet de mon pourvoi.

À ce moment, à ce moment seulement, j'avais pour ainsi dire le droit, je me donnais en quelque sorte la permission d'aborder la deuxième hypothèse : j'étais gracié. L'ennuyeux, c'est qu'il fallait rendre moins fougueux cet élan du sang et du corps qui me piquait les yeux d'une joie insensée. Il fallait que je m'applique à réduire ce cri, à le raisonner. Il fallait que je sois naturel même dans cette hypothèse, pour rendre plus plausible ma résignation dans la première. Quand j'avais réussi, j'avais gagné une heure de calme. Cela, tout de même, était à considérer.

C'est à un semblable moment que j'ai refusé une fois de plus de recevoir l'aumônier. J'étais étendu et je devinais l'approche du soir d'été à une certaine blondeur du ciel. Je venais de rejeter mon pourvoi et je pouvais sentir les ondes de mon sang circuler régulièrement en moi. Je n'avais pas besoin de voir l'aumônier. Pour la première fois depuis bien longtemps, j'ai pensé à Marie. Il y avait de longs jours qu'elle ne m'écrivait plus. Ce soir-là, j'ai réfléchi et je me suis dit qu'elle s'était peut-être fatiguée d'être la maîtresse d'un condamné à mort. L'idée m'est venue aussi qu'elle était peut-être malade ou morte. C'était dans l'ordre des choses. Comment l'aurais-je su puisqu'en dehors de nos deux corps maintenant séparés, rien ne nous liait et ne nous rappelait l'un à l'autre. À partir de ce moment, d'ailleurs, le souvenir de Marie m'aurait été indifférent. Morte, elle ne m'intéressait plus. Je trouvais cela normal comme je comprenais très bien que les gens m'oublient après ma mort. Ils n'avaient plus rien à faire avec moi. Je ne pouvais même pas dire que cela était dur à penser.

C'est à ce moment précis que l'aumônier est entré. Quand je l'ai vu, j'ai eu un petit tremblement. Il s'en est aperçu et m'a dit de ne pas avoir peur. Je lui ai dit qu'il venait d'habitude à un autre moment. Il m'a répondu que c'était une visite tout amicale qui n'avait rien à voir avec mon pourvoi dont il ne savait rien. Il s'est assis sur ma couchette et m'a invité à me mettre près de lui. J'ai refusé. Je lui trouvais tout de même un air très doux.

Il est resté un moment assis, les avant-bras sur les genoux, la tête baissée, à regarder ses mains. Elles étaient fines et musclées, elles me faisaient penser à deux bêtes agiles. Il les a frottées lentement l'une contre l'autre. Puis il est resté ainsi, la tête toujours baissée, pendant si longtemps que j'ai eu l'impression, un instant, que je l'avais oublié.

Mais il a relevé brusquement la tête et m'a regardé en face : « Pourquoi, m'a-t-il dit, refusez-vous mes visites ? » J'ai répondu que je ne croyais pas en Dieu. Il a voulu savoir si j'en étais bien sûr et j'ai dit que je n'avais pas à me le demander : cela me paraissait une question sans importance. Il s'est alors renversé en arrière et s'est adossé au mur, les mains à plat sur les cuisses. Presque sans avoir l'air de me parler, il a observé qu'on se croyait sûr, quelquefois, et, en réalité, on ne l'était pas. Je ne disais rien. Il m'a regardé et m'a interrogé : « Qu'en pensez-vous ? » J'ai répondu que c'était possible. En tout cas, je n'étais peut-être pas sûr de ce qui m'intéressait réellement, mais j'étais tout à fait sûr de ce qui ne m'intéressait pas. Et justement, ce dont il me parlait ne m'intéressait pas.

Il a détourné les yeux et, toujours sans changer de position, m'a demandé si je ne parlais pas ainsi par excès de désespoir. Je lui ai expliqué que je n'étais pas désespéré. J'avais seulement peur, c'était bien naturel. « Dieu vous aiderait alors, a-t-il remarqué. Tous ceux que j'ai connus dans votre cas se retournaient vers lui. » J'ai reconnu que c'était leur droit. Cela prouvait aussi qu'ils en avaient le temps. Quant à moi, je ne voulais pas qu'on m'aidât et justement le temps me manquait pour m'intéresser à ce qui ne m'intéressait pas.

À ce moment, ses mains ont eu un geste d'agacement, mais il s'est redressé et a arrangé les plis de sa robe. Quand il a eu fini, il s'est adressé à moi en m'appelant « mon ami » : s'il me parlait ainsi ce n'était pas parce que j'étais condamné à mort ; à son avis, nous étions tous condamnés à mort. Mais je l'ai interrompu en lui disant que ce n'était pas la même chose et que, d'ailleurs, ce ne pouvait être, en aucun cas, une consolation. « Certes, a-t-il approuvé. Mais vous mourrez plus tard si vous ne mourez pas aujourd'hui. La même question se posera alors. Comment aborderez-vous cette terrible épreuve ? » J'ai répondu que je l'aborderais exactement comme je l'abordais en ce moment.

Il s'est levé à ce mot et m'a regardé droit dans les yeux. C'est un jeu que je connaissais bien. Je m'en amusais souvent avec Emmanuel ou Céleste et, en général, ils détournaient leurs yeux. L'aumônier aussi connaissait bien ce jeu, je l'ai tout de suite compris : son regard ne tremblait pas. Et sa voix non plus n'a pas tremblé quand il m'a dit : « N'avez-vous donc aucun espoir et vivez-vous avec la pensée que vous allez mourir tout entier ? — Oui », ai-je répondu.

Alors, il a baissé la tête et s'est rassis. Il m'a dit qu'il me plaignait. Il jugeait cela impossible à supporter pour un homme. Moi, j'ai seulement senti qu'il commençait à m'ennuyer. Je me suis détourné à mon tour et je suis allé sous la lucarne. Je m'appuyais de l'épaule contre le mur. Sans bien le suivre, j'ai entendu qu'il recommençait à m'interroger. Il parlait d'une voix inquiète et pressante. J'ai compris qu'il était ému et je l'ai mieux écouté.

Il me disait sa certitude que mon pourvoi serait accepté, mais je portais le poids d'un péché dont il fallait me débarrasser. Selon lui, la justice des hommes n'était rien et la justice de Dieu tout. J'ai remarqué que c'était la première qui m'avait condamné. Il m'a répondu qu'elle n'avait pas, pour autant, lavé mon péché. Je lui ai dit que je ne savais pas ce qu'était un péché. On m'avait seulement appris que j'étais un coupable. J'étais coupable, je payais, on ne pouvait rien me demander de plus. À ce moment, il s'est levé à nouveau et j'ai pensé que dans cette cellule si étroite, s'il voulait remuer, il n'avait pas le choix. Il fallait s'asseoir ou se lever.

J'avais les yeux fixés au sol. Il a fait un pas vers moi et s'est arrêté, comme s'il n'osait avancer. Il regardait le ciel à travers les barreaux. « Vous vous trompez, mon fils, m'a-t-il dit, on pourrait vous demander plus. On vous le demandera peut-être. — Et quoi donc ?

— On pourrait vous demander de voir. — Voir quoi ? »

Le prêtre a regardé tout autour de lui et il a répondu d'une voix que j'ai trouvée soudain très lasse : « Toutes ces pierres suent la douleur, je le sais. Je ne les ai jamais regardées sans angoisse. Mais, du fond du cœur, je sais que les plus misérables d'entre vous ont vu sortir de leur obscurité un visage divin. C'est ce visage qu'on vous demande de voir. »

Je me suis un peu animé. J'ai dit qu'il y avait des mois que je regardais ces murailles. Il n'y avait rien ni personne que je connusse mieux au monde. Peut-être, il y a bien longtemps, y avais-je cherché un visage. Mais ce visage avait la couleur du soleil et la flamme du désir : c'était celui de Marie. Je l'avais cherché en vain. Maintenant, c'était fini. Et dans tous les cas, je n'avais rien vu surgir de cette sueur de pierre.

L'aumônier m'a regardé avec une sorte de tristesse. J'étais maintenant complètement adossé à la muraille et le jour me coulait sur le front. Il a dit quelques mots que je n'ai pas entendus et m'a demandé très vite si je lui permettais de m'embrasser : « Non », ai-je répondu. Il s'est retourné et a marché vers le mur sur lequel il a passé sa main lentement : « Aimez-vous donc cette terre à ce point ? » a-t-il murmuré. Je n'ai rien répondu.

Il est resté assez longtemps détourné. Sa présence me pesait et m'agaçait. J'allais lui dire de partir, de me laisser, quand il s'est écrié tout d'un coup avec une sorte d'éclat, en se retournant vers moi : « Non, je ne peux pas vous croire. Je suis sûr qu'il vous est arrivé de souhaiter une autre vie. » Je lui ai répondu que naturellement, mais cela n'avait pas plus d'importance que de souhaiter d'être riche, de nager très vite ou d'avoir une bouche mieux faite. C'était du même ordre. Mais lui m'a arrêté et il voulait savoir comment je voyais cette autre vie. Alors, je lui ai crié : « Une vie où je pourrais me souvenir de celle-ci », et aussitôt je lui ai dit que j'en avais assez. Il voulait encore me parler de Dieu, mais je me suis avancé vers lui et j'ai tenté de lui expliquer une dernière fois qu'il me restait peu de temps. Je ne voulais pas le perdre avec Dieu. Il a essayé de changer de sujet en me demandant pourquoi je l'appelais « monsieur » et non pas « mon père ». Cela m'a énervé et je lui ai répondu qu'il n'était pas mon père : il était avec les autres.

« Non, mon fils, a-t-il dit en mettant la main sur mon épaule. Je suis avec vous. Mais vous ne pouvez pas le savoir parce que vous avez un cœur aveugle. Je prierai pour vous. »

Alors, je ne sais pas pourquoi, il y a quelque chose qui a crevé en moi. Je me suis mis à crier à plein gosier et je l'ai insulté et je lui ai dit de ne pas prier. Je l'avais pris par le collet de sa soutane. Je déversais sur lui tout le fond de mon cœur avec des bondissements mêlés de joie et de colère. Il avait l'air si certain, n'est-ce pas ? Pourtant, aucune de ses certitudes ne valait un cheveu de femme. Il n'était même pas sûr d'être en vie puisqu'il vivait comme un mort. Moi, j'avais l'air d'avoir les mains vides. Mais j'étais sûr de moi, sûr de tout, plus sûr que lui, sûr de ma vie et de cette mort qui allait venir. Oui, je n'avais que cela. Mais du moins, je tenais cette vérité autant qu'elle me tenait. J'avais eu raison, j'avais encore raison, j'avais toujours raison. J'avais vécu de telle façon et j'aurais pu vivre de telle autre. J'avais fait ceci et je n'avais pas fait cela. Je n'avais pas fait telle chose alors que j'avais fait cette autre. Et après ? C'était comme si j'avais attendu pendant tout le temps cette minute et cette petite aube où je serais justifié. Rien, rien n'avait d'importance et je savais bien pourquoi. Lui aussi savait pourquoi. Du fond de mon avenir, pendant toute cette vie absurde que j'avais menée, un souffle obscur remontait vers moi à travers des années qui n'étaient pas encore venues et ce souffle égalisait sur son passage tout ce qu'on me proposait alors dans les années pas plus réelles que je vivais. Que m'importaient la mort des autres, l'amour d'une mère, que m'importaient son Dieu, les vies qu'on choisit, les destins qu'on élit, puisqu'un seul destin devait m'élire moi-même et avec moi des milliards de privilégiés qui, comme lui, se disaient mes frères. Comprenait-il, comprenait-il donc ? Tout le monde était privilégié. Il n'y avait que des privilégiés. Les autres aussi, on les condamnerait un jour. Lui aussi, on le condamnerait. Qu'importait si, accusé de meurtre, il était exécuté pour n'avoir pas pleuré à l'enterrement de sa mère ? Le chien de Salamano valait autant que sa femme. La petite femme automatique était aussi coupable que la Parisienne que Masson avait épousée ou que Marie qui avait envie que je l'épouse. Qu'importait que Raymond fût mon copain autant que Céleste qui valait mieux que lui ? Qu'importait que Marie donnât aujourd'hui sa bouche à un nouveau Meursault ? Comprenait-il donc, ce condamné et que du fond de mon avenir... J'étouffais en criant tout ceci. Mais, déjà, on m'arrachait l'aumônier des mains et les gardiens me menaçaient. Lui, cependant, les a calmés et m'a regardé un moment en silence. Il avait les yeux pleins de larmes. Il s'est détourné et il a disparu.

Lui parti, j'ai retrouvé le calme. J'étais épuisé et je me suis jeté sur ma couchette. Je crois que j'ai dormi parce que je me suis réveillé avec des étoiles sur le visage. Des bruits de campagne montaient jusqu'à moi. Des odeurs de nuit, de terre et de sel rafraîchissaient mes tempes. La merveilleuse paix de cet été endormi entrait en moi comme une marée. À ce moment, et à la limite de la nuit, des sirènes ont hurlé. Elles annonçaient des départs pour un monde qui maintenant m'était à jamais indifférent. Pour la première fois depuis bien longtemps, j'ai pensé à maman. Il m'a semblé que je comprenais pourquoi à la fin d'une vie elle avait pris un « fiancé », pourquoi elle avait joué à recommencer. Là-bas, là-bas aussi, autour de cet asile où des vies s'éteignaient, le soir était comme une trêve mélancolique. Si près de la mort, maman devait s'y sentir libérée et prête à tout revivre. Personne, personne n'avait le droit de pleurer sur elle. Et moi aussi, je me suis senti prêt à tout revivre. Comme si cette grande colère m'avait purgé du mal, vidé d'espoir, devant cette nuit chargée de signes et d'étoiles, je m'ouvrais pour la première fois à la tendre indifférence du monde. De l'éprouver si pareil à moi, si fraternel enfin, j'ai senti que j'avais été heureux, et que je l'étais encore. Pour que tout soit consommé, pour que je me sente moins seul, il me restait à souhaiter qu'il y ait beaucoup de spectateurs le jour de mon exécution et qu'ils m'accueillent avec des cris de haine.

Table des chapitres

Du tableau

au texte

Agnès Verlet

Du tableau au texte

Conference at night
d'Edward Hopper

… la froideur et le vide de l'univers bureaucratique…

Bien qu'elle ait pour cadre la ville américaine et ne se situe pas dans le même univers que les œuvres littéraires d'Albert Camus (1913-1960), la peinture d'Edward Hopper (1882-1967) exprime une vision du monde analogue, qui souligne la solitude de l'homme dans la société moderne. Les personnages de Hopper, raides et sans expression, sont des silhouettes désincarnées, figées dans un décor banal et quotidien du monde moderne, rues de la ville, ou paysages ruraux, stations-service, immeubles déserts, bars ou salles de théâtre, bureaux anonymes. Comme Meursault, le personnage de Camus, ils semblent étrangers au monde, indifférents à ce qui les entoure, et ce sentiment de vide a une portée existentielle universelle.

L'essentiel de sa carrière s'étant déroulé à New York, sa ville natale, où ses expositions attiraient un grand public, l'artiste s'est intéressé à la vie quotidienne américaine, à des scènes banales et contemporaines. La laideur de l'espace, qu'il souligne par la violence des couleurs, accentue son apparence déshumanisée : les personnages solitaires paraissent immobilisés dans le temps et l'espace. Entre 1940 et 1950, Hopper peint une série de tableaux, *Offices,* qui ont pour thème la froideur et le vide de l'univers bureaucratique new-yorkais, où les rapports entre les êtres manifestent une tension psychologique extrême, sans qu'il y ait de communication entre eux : *Office at night, Office in a small city,* et ici, *Conference at night,* qu'on peut traduire par conférence, ou réunion, le soir ou la nuit : le peintre, par l'ambiguïté du titre même, se refuse à donner une interprétation ou à suggérer une anecdote.

Le décor de ce tableau est un bureau, comme le montrent les quatre longues tables de travail ou de conférence qui occupent l'espace, sur lesquelles se trouvent deux grands livres, ou registres, reliés, mais négligemment posés, laissés après usage dans un certain désordre. La guérite ou le bureau, sur la gauche, les colonnes qui rythment le vide noir du couloir ou de l'entrée, les murs d'un bleu glacial accusent la froideur de cet univers bureaucratique. En contrepoint de ces éléments précis et repérables, le titre est étrange, puisqu'il insiste sur l'heure tardive, inattendue pour une conférence ou une réunion (à trois ?) qui aurait pu se prolonger tard dans la soirée. Le mystère est accentué par la lumière blafarde qui inonde la pièce, et qui vient de la fenêtre de droite : clair de lune ou lumière de la ville, cette source lumineuse, qui éclaire également l'extérieur de la fenêtre, se répand sur les trois personnages, et particulièrement la femme, qui la reçoit en pleine face.

... aucune indication sur la situation qui réunit ces trois personnages énigmatiques...

Entre les trois personnages qui semblent discuter, il y a une relation dont le sens nous échappe, et Hopper ne propose aucune interprétation. L'homme assis de trois quarts sur la table, à droite, est en costume de bureaucrate, cravate et gilet, mais sans veste, les manches de sa chemise retroussées, dans une tenue et une pose décontractées, qui corroborent l'impression de fin de journée ou de fatigue vespérale. La concentration du regard et le geste de la main droite, tendue, ouverte, suggèrent qu'il donne un point de vue aux deux autres, ou sollicite leur avis, à la femme surtout qui, face à lui, regarde dans sa direction, mais sans le voir, puisque leurs regards ne se croisent pas. La posture très raide de cette femme, son port de tête impérieux sont atténués par la proéminence de la poitrine et l'échancrure du décolleté qui supposent, sinon le désir de séduction, du moins la certitude de ses « avantages » féminins. Du troisième personnage, en manteau de ville et chapeau mou, on ne sait s'il est un visiteur qui vient d'arriver ou un employé sur le point de partir. Le peintre ne donne aucune indication sur la situation qui réunit ces trois personnages énigmatiques, et ne semble pas souhaiter que le spectateur puisse reconstituer une saynète précise ni imaginer une histoire : dans l'univers de Hopper, il ne se passe rien, et c'est ce vide qui est inquiétant.

Il en est de même dans *L'Étranger,* dont l'intrigue est ténue, même si les événements que vit le personnage sont graves : la mort de sa mère, le meurtre d'un homme. Le narrateur, qui raconte ces faits avec un détachement déconcertant, semble « étranger » à ce qui lui arrive. Le récit mené à la première personne du passé composé souligne le vide émotionnel d'un héros qui paraît extérieur à lui-même et qui traverse les événements de sa vie, les plus graves comme les plus anodins, avec une égale indifférence. Tel est le constat qu'il fait après l'enterrement de sa mère : « J'ai pensé que c'était toujours un dimanche de tiré, que maman était maintenant enterrée, que j'allais reprendre mon travail et que, somme toute, il n'y avait rien de changé. » Comme le New-Yorkais du tableau de Hopper, Meursault est un employé de bureau ordinaire, et si son bureau se trouve à Alger et donne sur la mer, son univers est également vide et sa vie monotone. Ses relations avec ses collègues de travail et son patron sont marquées par la même indifférence et la même absence de communication que chez Hopper. Le bureaucrate du tableau, main tendue et visage fermé, ressemble à Meursault dans les scènes où il s'efforce de se justifier ou d'arguer de sa non-culpabilité. Face au directeur de l'asile, face à son patron ou à Marie, il exprime un sentiment de faute, tout en manifestant une totale incompréhension des conventions sociales et de la hiérarchie des valeurs. Ainsi quand il va se baigner avec sa fiancée après l'enterrement : « Quand nous nous sommes rhabillés, elle a eu l'air très surprise de me voir avec une cravate noire et elle m'a demandé si j'étais en deuil. Je lui ai dit que maman était morte. Comme elle voulait savoir depuis quand, j'ai répondu : "Depuis hier." Elle a eu un petit recul, mais n'a fait aucune remarque. J'ai eu envie de lui dire que ce n'était pas de ma faute, mais je me suis arrêté parce que j'ai pensé que je l'avais déjà dit à mon patron. Cela ne signifiait rien. De toute façon, on est toujours un peu fautif. »

… Les personnages se sentent mis en défaut et accusés…

Albert Camus a lu *Le Procès* de Kafka, traduit en français en 1933, et les personnages de son théâtre (*Caligula, Le Malentendu, Les Justes*), comme ceux de ses romans (*La Peste* ou *La Chute*), se trouvent souvent dans des situations où ils doivent s'expliquer et rendre compte de leurs actes. Ici, le personnage de Meursault, du début à la fin du livre, est questionné par diverses instances sociales qui se posent en juges ; sommé de répondre de sa conduite et d'un crime qu'il attribue au hasard et au destin, il assiste en étranger à son procès sans en comprendre les enjeux ; sa condamnation à mort est la conséquence d'une condition absurde, et on ne sait pas vraiment, dans cette déroute du sens et cette perversion du langage, s'il est accusé d'avoir tué un homme ou de n'avoir pas pleuré à l'enterrement de sa mère, comme le fait remarquer son avocat au procureur. Les personnages de Hopper, ceux de Camus comme ceux de Kafka évoluent dans les univers déshumanisés et implacables de la bureaucratie, de l'administration judiciaire, de la ville moderne. Quoi qu'ils fassent pour tenter de prouver leur innocence, ils se sentent mis en défaut et accusés, au point de se considérer coupables de leur existence même.

Journaliste au fait des avant-gardes, Camus a été marqué par le roman et le cinéma américains des années 1930. Hopper, lui-même amateur de cinéma, donne à ses tableaux l'atmosphère trouble et inquiétante des films noirs. Inversement, l'univers de sa peinture a inspiré des cinéastes comme Alfred Hitchcock, Wim Wenders ou David Lynch. Comme avec une caméra ou un appareil photo, il entre à l'intérieur des maisons, construit ses tableaux à la façon d'un metteur en scène, étudie les angles, les cadrages, les jeux de lumière. Par la présence de la fenêtre qui marque la limite vacillante entre l'extérieur et l'intérieur, il met le spectateur en position de voyeur et le fait pénétrer dans l'intimité d'un univers supposé clos, comme ici, lors de cette conférence que nous surprenons dans le huis clos d'un bureau, à une heure tardive de la journée. Le tableau est traversé en diagonale par un éclairage, naturel ou artificiel, qui vient de l'extérieur et efface les limites entre le dehors et le dedans, mais aussi entre le jour et la nuit. Les personnages sont immobilisés dans l'instantanéité d'un plan fixe et d'un flash lumineux.

Des procédés analogues se retrouvent dans le roman d'Albert Camus qui, par l'effet du passé composé et du monologue intérieur, fixe son héros sans temps antérieur ni ultérieur, dans une succession d'instants discontinus. Cette discontinuité accentue l'isolement du personnage dans un univers mental où les faits se présentent sans lien logique, dans le présent de leur succession. Qu'il soit en liberté dans la ville ou reclus en prison, Meursault n'a pas la sensation du temps, sinon comme d'un perpétuel présent, comme il le dit dès l'incipit : « Aujourd'hui, maman est morte. Ou peut-être hier, je ne sais pas. » C'est en cellule qu'il prend conscience de cette indistinction des jours, tellement distendus qu'ils finissent par « déborder les uns sur les autres » : « Lorsqu'un jour, le gardien m'a dit que j'étais là depuis cinq mois, je l'ai cru, mais je ne l'ai pas compris. Pour moi, c'était sans cesse le même jour qui déferlait dans ma cellule et la même tâche que je poursuivais. »

... indétermination entre le dehors et le dedans...

Cette confusion temporelle s'accompagne d'une confusion spatiale qui, comme chez Hopper, est amplifiée par l'absence de limite entre l'intérieur et l'extérieur. L'espace, dans le tableau de Hopper, est nettement partagé par la verticale des murs, l'horizontalité de l'ombre portée sur les tables, et la perspective diagonale ouverte par celles-ci, mais nous avons vu que la lumière trouait le volume, de part en part : la fenêtre, à droite, rend présent le monde extérieur, de même qu'à l'opposé les colonnes et la guérite en bois ouvrent le bureau sur une extériorité indéterminée, qui peut être un couloir, un hall d'entrée, ou aussi bien la nuit de la rue. Le bureau qui pourrait être un lieu clos est ainsi sans limites, béant d'un côté sur une obscurité inquiétante, de l'autre sur une nuit blafarde tout aussi mystérieuse. Dans *La Peste* de Camus, la ville elle-même sera un semblable huis clos dont il est difficile de s'échapper, mais qui laisse passer la menace extérieure.

Certains passages de *L'Étranger* insistent sur une telle indétermination entre le dehors et le dedans. Les lieux fermés sont nombreux, celui de l'asile, de l'appartement, du bureau, de la prison, de la salle d'audience ; mais l'extérieur qui est celui de la ville, de la plage, de la mer, devient au moment du meurtre un espace de clôture, d'enfermement, « comme si tout s'était refermé autour de nous ». Inversement, quand le narrateur entre dans la salle d'audience, il se sent menacé par l'extérieur, observé par des visages anonymes et indistincts, comme s'il montait dans les transports en commun. Cette confusion entre la ville et la prison revient souvent dans le roman : « La salle était pleine à craquer. Malgré les stores, le soleil s'infiltrait par endroits et l'air était déjà étouffant. On avait laissé les vitres closes. Je me suis assis et les gendarmes m'ont encadré. C'est à ce moment que j'ai aperçu une rangée de visages devant moi. Tous me regardaient : j'ai compris que c'étaient les jurés. Mais je ne peux pas dire ce qui les distinguait les uns des autres. Je n'ai eu qu'une impression : j'étais devant une banquette de tramway et tous ces voyageurs anonymes épiaient le nouvel arrivant pour en apercevoir les ridicules. »

… la violence vient de la lumière même…

Mais dans l'univers de Hopper, comme dans celui de Camus, la violence vient de la lumière même. Le climat et le paysage méditerranéens que l'écrivain exaltait avec lyrisme dans *Noces* (1939) sont ressentis douloureusement dans le monde de *L'Étranger* : la mer, le soleil et la mort ont partie liée. Loin d'être bénéfique, le soleil a un caractère violent et implacable. La seule explication que Meursault puisse donner pour sa défense est que « c'était à cause du soleil », et son récit est ponctué de remarques sur l'éclat du ciel et le « soleil insoutenable », « inhumain », dont l'intensité culmine quand il est sur la plage avec Raymond à la recherche de l'Arabe, « sous la pluie aveuglante qui tombait du ciel », « nous restions cloués sous le soleil ». Quelle que soit son origine, naturelle ou artificielle, la lumière blafarde qui traverse le tableau de Hopper concentre une même violence, et contraste avec le moment du jour indiqué par le titre (*at night*). Elle laisse dans une obscurité d'autant plus épaisse des parties entières de l'espace, sur les côtés, mais également le sol, au premier plan, dont le noir absorbe les pieds chaussés de noir et une partie du corps des personnages vêtus de noir. Cet effet de contraste accentue l'apparence désincarnée de ces personnages, qui semblent des silhouettes découpées, surtout l'homme au chapeau. Le corps de la femme, au contraire, et sa chair rose sont mis en évidence par la robe noire qui découvre ses jambes, ses mains, son décolleté, son visage, ses cheveux blonds ramassés en un chignon strict. Chez Hopper, les femmes sont des êtres mystérieux : à la fois séductrices et dangereuses. L'homme assis est à contre-jour ; la lumière éclaire son crâne, ses deux avant-bras et sa main droite ouverte qui, comme sa nuque, semble recevoir un rayon. La lumière construit l'espace, sculpte les formes, isole les personnages dans une atmosphère inquiétante. Mais cet isolement a une fonction de dramatisation et de déshumanisation pour le peintre qui affirmait : « Tout ce qui est humain m'est étranger. Tout ce que je veux, c'est peindre la lumière, sur l'angle d'un mur, d'un toit. » Au centre du tableau, les trois personnages sont, pour ainsi dire, désignés par la diagonale lumineuse qui plaque leurs silhouettes sur le mur bleu. Si deux des personnages font face à la lumière et à l'extérieur, l'homme assis est, quant à lui, à contre-sens, tourné vers l'intérieur du bureau, le regard dans l'ombre, plongé en lui-même et non vers son entourage, dans l'attitude réflexive qui fait dire au personnage de Camus lors de son procès : « J'ai eu l'impression bizarre d'être regardé par moi-même. »

Le vide de l'univers de Hopper est rendu sensible par les pans de couleur que traverse cette lumière blême : le bleu des murs, des poutres et du plafond, particulièrement froid, qui contraste avec l'ocre jaune des tables. Cette lumière blafarde, qui transperce l'espace, absorbe la couleur du mur qui devient presque blanc, durcit les traits des visages et les formes des corps, accentue les contrastes entre le clair et l'obscur et structure l'espace d'un système complexe d'ombres portées. L'ombre des châssis de la fenêtre se porte sur les tables, mais aussi, transversalement, sur le mur bleu et même sur la cuisse gauche de l'homme assis, dont le bras marque la table de son ombre. Sa nuque inclinée en arrière paraît liée, clouée à cette ombre légère qui la prolonge ou la tire en arrière, tandis que les traits de son visage sans expression, les yeux, la bouche, disparaissent dans l'obscurité. L'ombre portée de la femme est parallèle à celle de la fenêtre, et les quatre tables même, de hauteurs légèrement décalées, sont séparées par une zone sombre ; les registres reliés, à la tranche rouge, sont eux aussi partiellement dans l'ombre. Cet ensemble d'ombres portées divise l'espace, au-delà du simple contraste entre le clair et l'obscur, et organise un réseau de lignes de force avec celles de la lumière et de la perspective, qui a pour fonction de produire des effets de décalage, de déstructuration.

… la solitude des hommes dans un monde absurde…

Les contrastes entre les couleurs, et les jeux entre l'ombre et la lumière ont également un grand rôle dans le roman de Camus. Les personnages sont souvent caractérisés par deux couleurs ; ainsi l'infirmière en blanc avec son foulard de couleur vive, ou Marie, en robe rouge et blanche, M. Pérez en costume noir et col blanc. Le paysage également, la terre, rousse et verte, ou couleur de sang ; le ciel, bleu et blanc. Mais ce qui domine le roman, surtout dans la première partie, c'est la lumière aveuglante, effet d'un soleil qualifié d'inhumain, comme on l'a vu. La lumière blanche est aussi celle de l'hôpital dont les murs blanchis à la chaux, le plafond percé d'une verrière, ont une « pureté blessante » ; le matin de l'enterrement, « l'éclatante blancheur » du jour, « l'aveuglement de la lumière » mettent en évidence, comme chez Hopper, l'impression de vide émotionnel qui émane du récit. Le jeu de l'ombre et de la lumière s'inverse dans la deuxième partie, où l'ombre domine, et où la lumière, regrettée, passe à travers les barreaux : « Je vois le ciel et je ne vois que lui. » La tombée de la nuit seulement ramène « l'odeur et la couleur du soir d'été », et un apaisant « déclin des couleurs », parce que le soir, surtout le dernier, est « comme une trêve mélancolique ». Tout est bien arrivé « à cause du soleil », comme le balbutiait Meursault pour sa défense : le soleil de midi, dans sa verticalité, représente effectivement une menace pour le personnage, qui l'évoque en des termes guerriers, parlant d'« épée de lumière jaillie du sable », jusqu'au moment décisif où « la lumière a giclé sur l'acier et c'était comme une longue lame étincelante qui m'atteignait au front ». Mêmes lignes transversales que chez Hopper, qui brisent l'espace et le fragmentent jusqu'à l'éclatement. On remarque ici une image analogue à celle du tableau, au trait d'ombre qui traverse la lumière du mur et atteint la nuque du personnage assis, qui se trouve comme stigmatisé : « Je ne sentais plus que les cymbales du soleil sur mon front et, indistinctement, le glaive éclatant jailli du couteau en face de moi. Cette épée brûlante rongeait mes cils et fouillait mes yeux douloureux. C'est alors que tout a vacillé. La mer a charrié un souffle ardent. Il m'a semblé que le ciel s'ouvrait sur toute son étendue pour laisser pleuvoir du feu. »

À New York ou à Alger, dans des univers sociologiques et esthétiques très différents, la peinture de Hopper et le roman de Camus expriment finalement une réalité assez proche, la solitude des hommes dans un monde absurde. Cette impression de vide, Hopper la rend sensible par l'immobilisation de ses personnages désincarnés, entre des pans de murs troués d'ouvertures. C'est le silence qui en est l'équivalent dans *L'Étranger*, le silence de ce personnage qui constate, regarde, écoute, est parlé plus qu'il ne parle : au bavardage, aux questions, au discours des autres, Meursault répond par son silence ou par des balbutiements hasardeux qui confirment son indifférence. Ainsi, au début, après l'annonce de la mort de sa mère, il met fin à une interrogation :

«J'ai dit "oui" pour n'avoir plus à parler.» Et à la fin, alors qu'on vient de lui annoncer sa condamnation à mort et que le président de la cour lui demande s'il n'a rien à ajouter, il répond avec la même indifférence : «J'ai dit : "Non." C'est alors qu'on m'a emmené.»

Devant une telle distance à soi-même, un tel vide affectif et émotionnel, un même malaise saisit le spectateur du tableau de Hopper et le lecteur du roman de Camus, qui se sent troublé par sa proximité avec ces personnages d'une « inquiétante étrangeté ».

Le texte
en perspective

Mériam Korichi

Mouvement littéraire

La littérature engagée

LA FIGURE DE L'ÉCRIVAIN engagé ne naît pas au siècle dernier : l'homme de lettres prenant parti publiquement, allant à contre-courant jusqu'à braver l'autorité, épouse aussi bien les traits de Voltaire que de Victor Hugo ou d'Émile Zola. Seulement, à la fin du XIXe siècle, avec l'intervention publique d'Émile Zola dans l'affaire Dreyfus, la perception de l'écrivain engagé change : l'écrivain qui prend parti devient un « intellectuel ». Utilisé pour la première fois comme substantif par Maurice Barrès en 1898 pour dénoncer les écrivains, journalistes et philosophes qui prirent le parti de Dreyfus contre la « raison d'état militaire », le mot désigne dorénavant tous ceux qui produisent des idées, qui s'engagent pour elles et qui attisent les débats dans la cité.

1.

L'engagement intellectuel de l'écrivain

1. *Littérature et idée*

Héritière de la critique naturaliste à l'encontre de l'illusion romantique et de la littérature de divertissement, la littérature se devait d'adopter, dans la première partie du XXe siècle, une posture inédite qui soit en prise avec les bouleversements techniques et politiques de la modernité. On vit alors se développer un nouvel idéalisme découlant de l'exigence intellectualiste de soumettre la réalité à un examen critique et de l'interpréter au prisme d'idées fortes. Cet idéalisme du tournant du XXe siècle veut offrir des idées directrices pour penser la réalité, pour pouvoir interagir avec elle. Ce parti pris théorique implique un certain militantisme et entraîne une critique de l'illusion réaliste en littérature. Ainsi Bertolt Brecht, poursuivant ses réflexions sur le réalisme dans son *Journal de travail*, affirme en août 1938 : « L'écrivain voit quelque chose de neuf quand il voit le prolétaire en train d'abstraire, il faut bien le comprendre. Face à ces complexes factuels "dépourvus d'âme", la mine, l'argent, etc., la forme narrative des Balzac, des Tolstoï, etc., a volé en éclats » (*Journal de travail*, Éditions de l'Arche, 1976). En ce sens, André Gide incarne la modernité littéraire en bouleversant les formes narratives classiques, les soumettant à une distance ironique grâce à la technique de la « mise en abyme » du récit (*Paludes*, 1895, *Les Faux-monnayeurs*, 1926). Comme Paul Valéry et André Malraux, il revendique une passion pour les idées et les débats d'idées : « Les idées... , les idées, je vous l'avoue, m'intéressent plus que les hommes ; m'intéressent par-dessus tout. Elles vivent ; elles combattent ; elles agonisent comme les hommes. » (*Les Faux-monnayeurs*)

L'engagement de l'écrivain, dans la première moitié du XXe siècle, est ainsi d'abord intellectuel. Il consiste dans un effort de mise à distance critique de la réalité et dans un dépassement de l'« autre » école, celle du siècle précédent : l'école réaliste. Cela explique la réaction d'Albert Camus lorsqu'un critique qualifie son premier roman, *L'Étranger*, de réaliste : « Vous me prêtez l'ambition de faire réel. Le réalisme est un mot vide de sens. [...] Je ne m'en suis pas soucié. S'il fallait donner une forme à mon ambition, je parlerais au contraire de symbole » (cité dans l'édition de la Pléiade, tome I).

2. *L'idée absurde : entre nihilisme et héroïsme*

Albert Camus a voulu décrire dans *L'Étranger* « la nudité de l'homme en face de l'Absurde ». Comme en témoignent ses *Carnets* (I), il considère ce premier roman, achevé en mai 1940, comme un volet d'une trilogie sur l'absurde comprenant une pièce de théâtre, *Caligula*, achevé en 1939, et un essai, *Le Mythe de Sisyphe*, achevé en février 1941. Albert Camus espère voir publiés ces « trois Absurdes » en un seul volume. Cette indication permet de comprendre la pertinence de la remarque de Jean-Paul Sartre dans son « Explication de *L'Étranger* » à propos du caractère du personnage principal : « On ne saurait négliger le côté *théorique* de Meursault » (*Situations*, I, Gallimard, 1947). Ce « côté théorique » coïncide avec l'ambition de Camus de créer un symbole correspondant à l'idée de l'Absurde, théorisée dans son essai. Cette idée renvoie à une sensibilité particulière, nourrie de philosophie, s'inscrivant dans un certain horizon de pensée de l'entre-deux-guerres. La « sensibilité absurde » s'éveille chez l'homme pensant et s'interrogeant face au silence du monde.

Cette thématique n'est pas sans évoquer le discours de l'homme sans Dieu mis en avant par Pascal dans ses *Pensées* pour montrer la misère de sa condition et son impuissance absolue face à la mort. Or, dorénavant, avec les développements de la philosophie nietzschéenne, le nihilisme ne s'accommode plus d'aucune alternative. L'homme s'affronte à l'idée de la mort sans recours possible au pari pascalien. « Pour détruire Dieu, et après l'avoir détruit, l'esprit européen a anéanti tout ce qui pouvait s'opposer à l'homme : parvenu au terme de ses efforts, il ne trouve que la mort », écrit André Malraux en 1926 dans *La Tentation de l'Occident*. Cette pensée synthétise bien l'esprit du temps qui est confronté à l'idée d'un destin absurde (la mort) et à une vie non moins absurde dans un monde de plus en plus mécanisé. Ainsi Sartre, qui publie *La Nausée* en 1938, pose la question de l'existence en mettant en évidence le dégoût que provoque la sensation envahissante de l'existence.

On trouve des notes dans les *Carnets* datant de 1937 qui illustrent l'idée d'un nihilisme « au quotidien » ; ces notes font directement écho au récit de *L'Étranger* :

> Le type qui donnait toutes les promesses et qui travaille maintenant dans un bureau. Il ne fait rien d'autre part, rentrant chez lui, se couchant et attendant l'heure du dîner en fumant, se couchant à nouveau et dormant jusqu'au lendemain. Le dimanche, il se lève très tard et se met à sa fenêtre, regardant la pluie ou le soleil, les passants ou le silence. Ainsi toute l'année. Il attend. Il attend de mourir. À quoi bon les promesses, puisque de toute façon…

Comme on l'a déjà suggéré plus haut, il convient de ne pas négliger le côté théorique de la vision mise en avant dans le roman. En reprenant les mots de Nathalie Sarraute, la façon d'être et de penser de Meursault semble manifester « un parti pris résolu et hautain, un refus désespéré et lucide », ayant l'ambition de donner « un exemple et peut-être une leçon » (*L'Ère du soupçon*, Gallimard, 1956) ; autrement dit, il affirmerait un volontarisme propre à un intellectuel. Cette interprétation est celle qu'Albert Camus met lui-même en avant dans la Préface à l'édition universitaire américaine datant de 1955, pointant le caractère singulier de son personnage :

> On aura cependant une idée plus exacte du personnage, plus conforme en tout cas aux intentions de son auteur, si on se demande en quoi Meursault ne joue pas le jeu. La réponse est simple : il refuse de mentir. [...] Loin qu'il soit privé de toute sensibilité, une passion profonde, parce que tenace, l'anime, la passion de l'absolu et de la vérité. Il s'agit d'une vérité encore négative, la vérité d'être et de sentir, mais sans laquelle nulle conquête sur soi et sur le monde ne serait jamais possible. On ne se tromperait donc pas beaucoup en lisant dans *L'Étranger* l'histoire d'un homme qui, sans aucune attitude héroïque, accepte de mourir pour la vérité.

Et, en effet, l'héroïsme de Meursault ne ressemble en rien à l'héroïsme exalté des combats militants et révolutionnaires évoqués dans les grands récits épiques d'André Malraux (*L'Espoir* ou *La Condition humaine*). L'héroïsme qui correspond à l'attitude du personnage d'Albert Camus a un caractère intellectuel et prend sa dimension dans son iconoclasme et son anticonformisme, c'est-à-dire dans le refus de jouer « le jeu de la société ».

3. *L'absurde : le degré zéro de l'engagement*

La vérité indiquée dans *L'Étranger*, thématisée dans *Le Mythe de Sisyphe*, est une vérité négative. Elle est un commencement, un préalable nécessaire à tout engagement actif. Le moment absurde correspond donc à un état de conscience essentiellement individuel. Il s'éprouve au sein du quotidien, à l'occasion du détail le plus routinier, pour une conscience à l'affût, aiguisée par le sentiment de solitude : « Il arrive que les décors s'écroulent. Lever, tramway, quatre heures de travail, repas, sommeil et lundi mardi mercredi jeudi vendredi et samedi sur le même rythme, cette route se suit aisément la plupart du temps. Un jour seulement, le "pourquoi" s'élève […] et voici l'étrangeté : s'apercevoir que le monde est *épais*, entrevoir à quel point une pierre est étrangère » (*Le Mythe de Sisyphe*). L'absurde pose le problème du sens de la vie humaine soumise à une mécanique sans perspective. La mécanique extérieure qui soumet la vie de l'individu est sans faille, implacable. La marche de la justice, de la cellule à l'échafaud, au rythme de laquelle se soumet la vie de Meursault dans la deuxième partie du roman, illustre bien cette idée de mécanique implacable. C'est alors la marche de la société entière, avec ses institutions, ses fonctionnements, ses normes, ses valeurs, qui est mise en question. Il y a bien là une distance critique qui, sous l'apparente neutralité de ton, exprime l'esprit de défi et de provocation de l'auteur. Étant donné un tel engagement intellectuel, on comprend l'indignation de Camus face à ceux qui se méprennent sur sa pensée véritable, en lui prêtant une conception résignée, défaitiste : « Imbéciles qui croyez que la négation est un abandon quand elle est un choix », s'exclame-t-il dans ses *Carnets*.

L'Étranger apparaît alors comme une étape aux yeux de Camus voulant définir un style de vie sans projection dans l'avenir — nécessairement illusoire. C'est un « point zéro » dans la recherche d'une vie exemplaire, d'un héroïsme sans Dieu. Cette théorie de l'absurde, pour ne pas conduire au suicide, implique donc la nécessité de dénoncer le caractère illusoire de tout espoir, qui a, au fond, une racine religieuse. L'absurde dépasse en ce sens le nihilisme en rejoignant l'idéal d'impassibilité des philosophies antiques stoïciennes et épicuriennes qui, d'une part, font du présent la seule dimension réelle du temps et qui, d'autre part, dénoncent tous les débordements affectifs. La « maîtrise » affective de Meursault rappelle en effet ces thèmes philosophiques dont Camus était très familier.

4. L'Étranger *dans la guerre*, L'Étranger *hors contexte*

Le roman paraît le 15 juin 1942, deux ans après son achèvement. Il est publié en pleine guerre, à Paris, sous l'occupation allemande. Albert Camus l'a achevé en mai 1940, au moment de la déroute de l'armée française. La moitié de la France est bientôt occupée par les nazis et la République française est remplacée par l'État français collaborant avec l'occupant. Dans ce contexte, l'histoire écrite à la première personne d'un homme indifférent à tout sauf à ses sensations, aux yeux duquel toutes les valeurs (morales) se valent, a pu paraître suspecte. Certains critiques ont ainsi parlé à propos de *L'Étranger* d'un livre démobilisateur et démoralisateur, épousant de trop près le point de vue de l'indifférence et véhiculant un individualisme de courte vue. Dans un temps où l'engagement apparut comme une nécessité, où l'engagement individuel eut une valeur exemplaire, le cas de Meursault sembla un cas de désertion, de démission et d'abandon.

Dans ses *Carnets*, Albert Camus ne laisse pas de dénoncer ce mauvais procès. Il réfute cette interprétation étroite et moralisatrice qui manque si profondément l'esprit de son roman. Déniant à quiconque la qualité « pour juger si une œuvre peut servir ou desservir la nation, en ce moment ou à jamais », il dénonce en 1942 les dangers d'une « littérature dirigée » (*Carnets*). En outre, le point de vue de Camus sur l'engagement nécessaire en ces temps de guerre contre l'Allemagne nazie était sans ambiguïté : « Si ignoble que soit cette guerre, il n'est pas permis d'être en dehors » (*Carnets*). Ayant déjà affirmé, dans une lettre de 1941, « qu'on ne peut pas être du côté des camps de concentration », il indique clairement les raisons de son engagement actif pour la Résistance. En contact avec Francis Ponge, il participe dès 1942 au journal résistant *Combat*, dont il devient le rédacteur en chef d'août 1944 à juin 1947.

Quand on lit dans les *Carnets* la notation : « Mai [1940]. *L'Étranger* est terminé », il apparaît qu'une page est tournée, et que le roman, en gestation depuis des années, appartient en fait à un autre contexte, celui de l'avant-guerre.

2.

La situation de l'écrivain dans la société : les deux figures de l'essayiste et du philosophe

1. *« De l'autre côté de la ligne, de l'autre côté de la mer »*

Soutenu par André Malraux et approuvé avec enthousiasme par Jean Paulhan, *L'Étranger* est publié par Gaston Gallimard à Paris. Le succès et la reconnaissance dans les cercles littéraires de la France métropolitaine sont immédiats. Le livre retient l'attention de Maurice Blanchot et de Jean-Paul Sartre. Leurs commentaires suivent rapidement : le premier publie, chez Gallimard, *Faux pas,* en 1943, où il lui consacre un chapitre, « Le roman de l'étranger », et le second sa fameuse « Explication de *L'Étranger* », dans les *Cahiers du Sud* en février 1943, repris dans *Situations,* I (1947). Jean-Paul Sartre va jusqu'à qualifier le roman de « meilleur livre depuis l'armistice ». Ce succès et cette publicité placent Albert Camus au premier rang des écrivains d'après-guerre.

S'il représente alors avec Sartre la « modernité » littéraire au lendemain de la guerre, si son nom est associé à celui du philosophe, la figure d'Albert Camus n'en demeure pas moins singulière. Sa situation apparaît distincte d'abord en raison de son origine. Forcé de quitter l'Algérie en 1941, ne pouvant plus continuer à y travailler, il garde néanmoins une identité de Français algérien distinctive, notamment à travers ce premier roman imprégné de lumières et de chaleurs méditerranéennes. Sartre souligne ce caractère au début de son « Explication » : « Au milieu de la production littéraire du temps, ce roman était lui-même un étranger. Il nous venait de l'autre côté de la ligne, de l'autre côté de la mer ; il nous parlait du soleil, en cet aigre printemps sans charbon, non comme une merveille exotique mais avec la familiarité lassée de ceux qui en ont trop joui » (*Situations,* I). Cette ligne de partage, qui rejette la France et l'Algérie de part et d'autre d'une mer, pourrait bien évoquer la distinction entre deux types d'écrivain français auxquels correspondent des cultures différentes. Peut-être Sartre oppose-t-il ici Camus à Gide ? Le soleil caractérisé comme une « merveille exotique » peut faire allusion aux *Nourritures terrestres*, texte qui exalte avec un enthousiasme européen les richesses de la nature et du climat nord-africains. Albert Camus fonde lui-même cette opposition, à l'occasion du souvenir de lecture que lui a laissé l'ouvrage de Gide :

> Ces invocations me parurent obscures. Je bronchai devant l'hymne aux biens naturels. À Alger, à seize ans, j'étais saturé de ces richesses ; j'en souhaitais d'autres sans doute. [...] Le rendez-vous était manqué. (*Hommage à Gide*)

2. *La voie du silence : situation d'un Français d'Algérie en France*

La conscience d'une identité singulière détermine les prises de position de l'écrivain. Ainsi, né dans le quartier populaire de Belcourt à Alger, familier des problèmes de pauvreté des Français en Algérie, en même temps que défenseur de la culture musulmane et méditerranéenne, Albert Camus juge durement les motivations et la portée de l'engagement d'un André Gide, de gauche, anticolonialiste et pacifiste : « C'est par une erreur d'optique qu'on a fait tant de bruit autour de Gide partisan. Car sur le plan social, son opinion n'a *pas plus* d'importance que celle de n'importe quel Français cultivé, généreux et raisonnablement idéaliste. » Ce jugement convoque l'idée d'un engagement très particulier. Si, en effet, l'écrivain mène à Alger la vie d'un journaliste engagé — il adhère au parti communiste en 1934, il soutient la ligne indépendantiste de Messali Hadj, il écrit des articles pour le *Soir républicain*, journal anarchisant dirigé par Pascal Pia, jusqu'à son interdiction en janvier 1940 —, il affirme néanmoins une indépendance d'idée et de position. Contrairement à Sartre, Albert Camus ne pouvait devenir un porte-parole politique. Nourrissant sa réflexion du sentiment très fort de sa singularité, l'écrivain cultive ainsi un certain individualisme :

> De plus en plus, devant le monde des hommes, la seule réaction est l'individualisme. L'homme est à lui seul sa propre fin. Tout ce qu'on tente pour le bien de tous finit par l'échec. […] Se retirer tout entier et jouer son jeu. (*Carnets*, III)

Son origine modeste et sa sensibilité méditerranéenne le conduisent à se distinguer dans le milieu littéraire parisien. On trouve dans ses *Carnets* une note exprimant le sentiment de l'exil, éclairant sa situation singulière d'écrivain français ; cette note date du moment du départ forcé d'Algérie pour la France :

> Que signifie ce réveil soudain — dans cette chambre obscure — avec les bruits d'une ville tout d'un coup étrangère ? Et tout m'est étranger, tout, sans être à moi, sans un lieu où refermer cette plaie. [...] Je ne suis pas d'ici — pas d'ailleurs non plus. (*Carnets*, III)

L'écrivain, cédant à la tentation solitaire, entretient alors le goût du silence. Mais si ce silence correspond à la détermination d'accomplir une œuvre d'art, il entraîne aussi, chez l'écrivain, un certain mutisme politique. On lui reprocha ce silence lors de la guerre d'Algérie. Lors d'une conférence donnée en Suède à l'occasion de l'attribution du prix Nobel (octobre 1957), un musulman l'interpella, lui reprochant de ne plus défendre la cause du peuple algérien. Il répondit une phrase qui éclaire le fondement affectif et les motivations individuelles de ses engagements publics : « Je crois à la justice, mais je défendrai ma mère avant la justice » (cité par Pierre-Georges Castex, in *Albert Camus et « L'Étranger »*), et sa mère était pied-noir.

3. *De l'absurde à la révolte : la rupture avec l'existentialisme*

Placé dans une position d'« étranger » en raison de son origine et de sa sensibilité, Albert Camus n'épousa pas la cause marxiste comme Sartre le fit, sans doute en raison de sa méfiance à l'égard de l'esprit de système et du caractère mécanique de l'idéologie. « Pessimiste quant à la condition humaine, [mais] optimiste quant à l'homme » (*Carnets*, II), il s'intéresse d'abord à l'individu isolé et menacé par la société, avant de prendre en compte l'idée d'un destin collectif. Dans la Préface à l'édition américaine, l'écrivain explique qu'à travers le personnage de *L'Étranger*, il a « essayé de figurer [...] le seul christ que nous méritions ». Autrement dit, la critique porte avant tout contre une société qui menace l'individu, son intégrité comme sa vie. Mais, selon Albert Camus, l'expérience de l'absurde est appelée à être dépassée par la tendance à la révolte : « Dans l'expérience de l'absurde, la souffrance est individuelle. Avec le mouvement de révolte, elle a conscience d'être collective » (*L'Homme révolté*). Avec le roman suivant, *La Peste* (1947), et son nouvel essai, *L'Homme révolté* (1951), l'écrivain s'intéresse à l'idée de l'appartenance active de l'individu à la collectivité et aux effets positifs de cet engagement sur la communauté. Ce dernier essai fit beaucoup de bruit et valut à Albert Camus, qui opposait la révolte à la révolution, une rupture définitive avec Jean-Paul Sartre et l'existentialisme.

La divergence de vue entre l'essayiste et le philosophe cependant ne date pas de *L'Homme révolté*. Déjà, Jean-Paul Sartre dans l'« Explication de *L'Étranger* », tout en louant le romancier, exprimait sa réserve à l'égard de la « pensée » de l'essayiste. Albert Camus, quant à lui, dénonça très tôt le rapprochement de sa pensée avec celle de Sartre :

> Non, je ne suis pas existentialiste. Sartre et moi nous étonnons toujours de voir nos deux noms associés. [...] Car enfin, c'est une plaisanterie. Sartre et moi avons publié tous nos livres avant de nous connaître. Quand nous nous sommes connus, ce fut pour constater nos différences. Sartre est existentialiste, et le seul livre d'idées que j'ai publié, *Le Mythe de Sisyphe*, était dirigé contre les philosophes dits existentialistes. (15 novembre 1945)

Cette opposition à l'existentialisme, qui date de *La Nausée,* vient de l'engagement particulier d'Albert Camus : dire, au travers de l'absurde, la valeur de la vie et engager à la révolte pour la défendre.

Bibliographie à la croisée de l'histoire et de la littérature

Pierre ASSOULINE, *Gaston Gallimard,* Paris, Points Seuil, coll. « Biographies », 1985.

Albert CAMUS, *Actuelles,* Paris, Gallimard, 1948.

Brian T. FITCH, *Le Sentiment d'étrangeté chez Malraux, Sartre, Camus et Simone de Beauvoir,* Minard, 1964.

Jean GRENIER, *Albert Camus, Souvenirs,* Paris, Gallimard, 1968.

Robert QUILLIOT, *La Mer et les prisons. Essai sur Albert Camus,* Paris, Gallimard, 1970.

Jean-Paul SARTRE, *L'existentialisme est un humanisme,* Paris, Gallimard, 1946 ; *Situations,* II, Paris, Gallimard, 1948.

Benjamin STORA, *Histoire de l'Algérie coloniale,* La Découverte, coll. « Repères », 1991.

Genre et registre

« Un court roman de moraliste »

1.

Un roman à la première personne

1. *La temporalité de* L'Étranger *et le problème de la logique narrative*

L'Étranger se caractérise par une forme narrative singulière, voire déroutante. Cela tient en particulier au traitement de la temporalité dans le roman. Le rapport au temps du personnage est en question : il ne fait ni d'incursion dans son passé, ni de projection dans un futur souhaité ou simplement imaginé.

Le choix fait par Camus du passé composé comme temps principal du récit renforce le caractère problématique de la temporalité narrative du roman qui apparaît sans dynamisme. Comme temps du passé, le passé composé a nécessairement un sens rétrospectif, mais le personnage, en résumant certains éléments de ce qu'il a vécu, leur enlève toute épaisseur et tout intérêt. Ces rares résumés semblent indiquer que le personnage n'a rien à dire d'autre sur son passé, et que celui-ci n'est fait que d'une suite d'événements mécaniques, insignifiants. Ainsi, au début,

Meursault évoque le temps où il vivait avec sa mère à Alger, avant l'asile :

> Quand elle était à la maison, maman passait son temps à me suivre des yeux en silence. Dans les premiers jours où elle était à l'asile, elle pleurait souvent. Mais c'était à cause de l'habitude. Au bout de quelques mois, elle aurait pleuré si on l'avait retirée de l'asile. Toujours à cause de l'habitude.

Le tour oral des phrases, d'une apparente simplicité, aidé ponctuellement par l'emploi du présent de l'indicatif, permet d'ancrer le récit dans le présent, celui d'une conscience observant ce qui arrive de son for intérieur. Or, la combinaison de ce présent de locution et du passé composé enlève tout dynamisme à ce flux, empêchant toute projection dans le futur. Le passage dans lequel Meursault relate l'épisode où son patron lui offre une perspective de carrière à Paris est, en ce sens, remarquable : il annule dans un même geste l'importance du passé et du futur, au nom d'une perception « présente » clôturée sur elle-même :

> Il avait l'intention d'installer un bureau à Paris [...] et il voulait savoir si j'étais disposé à y aller. Cela me permettrait de vivre à Paris et aussi de voyager une partie de l'année. « Vous êtes jeune, et il me semble que c'est une vie qui doit vous plaire. » J'ai dit que oui mais que dans le fond cela m'était égal. Il m'a demandé alors si je n'étais pas intéressé par un changement de vie. J'ai répondu qu'on ne changeait jamais de vie, qu'en tout cas toutes se valaient et que la mienne ici ne me déplaisait pas du tout. [...] En y réfléchissant bien, je n'étais pas malheureux. Quand j'étais étudiant, j'avais beaucoup d'ambitions de ce genre. Mais quand j'ai dû abandonner

> mes études, j'ai très vite compris que tout cela était sans importance réelle.

La manière dont Meursault perçoit le temps rejette à la fois souvenir et projet. La dynamique narrative de *L'Étranger* ne correspond pas en ce sens à une logique temporelle traditionnelle, en raison du caractère « isolant » du temps du récit choisi.

2. *Roman et journal intime : les données objectives d'une conscience*

La temporalité problématique, et comme statique, du roman d'Albert Camus concourt à l'étrangeté de sa forme narrative. *L'Étranger* échappe par là au code romanesque traditionnel. Sartre n'hésite pas à s'interroger sur le genre du texte à la fin de son « Explication » :

> Et comment classer cet ouvrage sec et net, si composé sous son apparent désordre, si « humain » [...] ? Nous ne saurions l'appeler un récit : le récit explique et coordonne en même temps qu'il retrace, il substitue l'ordre causal à l'enchaînement chronologique. M. Camus le nomme « roman ». Pourtant le roman exige une durée continue, un devenir, la présence manifeste de l'irréversibilité du temps. Ce n'est pas sans hésitation que je donnerais ce nom à cette succession de présents inertes qui laissent entrevoir par en dessous l'économie mécanique d'une pièce montée.

Cette temporalité problématique qui va donc jusqu'à remettre en question le statut romanesque du texte est cependant incontestable puisqu'elle se donne comme un témoignage direct d'une conscience. Grâce à l'emploi du « je », et à l'apparente simplicité d'un langage transparent, consignant les faits, le texte emprunte au genre du journal intime. Bien sûr, la rigueur de construction dénonce « la pièce montée », de même que les problèmes de cohérence chronologique (notamment entre la première et la deuxième partie) et l'imprécision des moments de ruptures et de reprises de l'écriture par le personnage deviennent aigus si l'on veut identifier la logique narrative du texte à celle d'un journal. Toutefois, le choix de la première personne et de certains procédés stylistiques permet de donner l'impression au lecteur d'entrer dans la véritable intimité d'une conscience.

Ce récit à la première personne s'organise en effet en fonction des données et perceptions d'un sujet, « séparé » du monde par sa conscience. L'indifférence, ou l'insensibilité, attribuées à Meursault découlent de cet écart, de cette distance par rapport au monde qu'instaure sa conscience. La temporalité du roman est une temporalité perçue. Autrement dit, elle met au premier plan une subjectivité qui a une conscience particulière du temps et des choses, une façon particulière de les remarquer, de les observer et de les consigner. La forme du roman, qui se caractérise bien par un procédé de consignation d'événements et d'impressions, n'est pas sans rapport avec un des aspects du fonctionnement naturel de la conscience qui perçoit de façon sélective des choses extérieures, sans les interpréter nécessairement. De là naît l'étrangeté des descriptions auxquelles donnent lieu les perceptions de Meursault. Le personnage, jusqu'à la scène finale avec l'aumônier, ne se livre à aucune interprétation, à aucun épanchement affectif. Il semble ainsi s'efforcer constamment de maîtriser son « flux de conscience » et veille à ne jamais se laisser surprendre par les choses extérieures, jusqu'à sa confrontation avec une pensée (celle de l'aumônier) qu'il juge intolérable.

3. *Roman et discours : la problématique question du sens*

Cette absence d'interprétation, cet effort constant pour maîtriser ses pensées, loin d'être des indices du néant intérieur du personnage, évoquent plutôt un horizon de pensée philosophique. Si les questions sont soigneusement évacuées dans le roman, ce silence obstiné est une façon, non didactique, de soulever en premier lieu la question du sens des choses pour une conscience individuelle. Le choix stylistique d'une succession de phrases descriptives, mises au compte de la conscience du personnage, permet de ne pas donner une signification unique à l'enchaînement des événements, et de la laisser ouverte. Quand, en contrepoint, le procureur s'empare de l'histoire de Meursault, il en fait un récit au passé simple, interprétant les événements et tirant des conclusions sur le caractère vicié de Meursault. L'interprétation du procureur fait subir aux événements et aux individus impliqués dans l'histoire une transformation incroyable qui jette le narrateur — et le lecteur — dans la confusion. La confrontation entre ces deux façons de se rapporter aux événements et aux identités, que les deux parties opposent formellement, interroge la signification des choses et le destin de l'individu aux prises avec une extériorité qui lui reste impénétrable, et dont les effets sont cependant inéluctables.

Cet agencement narratif, qui tient dans le parallélisme des deux parties, fait indéniablement une place en creux au discours. Le récit s'organise pour mettre en avant le point de vue d'une conscience qui, loin d'être « vide », se distingue par une pensée et une sensibilité singulières : en atteste le choix des épithètes pour décrire certains moments du jour, certains visages, certaines sensations. Meursault « est infiniment plus averti qu'on ne croit, souligne Nathalie Sarraute. Telle remarque qu'il laisse échapper comme "Tous les êtres sains [ont] plus ou moins souhaité la mort de ceux qu'ils aimaient", montre bien qu'il lui est arrivé, et plus souvent sans doute qu'à quiconque, de pousser vers des zones interdites et dangereuses quelques pointes avancées » (*L'Ère du soupçon*). Si le narrateur décrit plutôt qu'il n'explique ou interprète les choses, à la fin, le personnage se dévoile. À travers cet épanchement spectaculaire, c'est l'auteur qui s'explique, selon l'aveu de Camus :

> Avec l'aumônier, mon Étranger ne se justifie pas. Il se met en colère, c'est très différent. C'est moi alors qui explique, direz-vous ? Oui, et j'ai beaucoup réfléchi à cela. Je m'y suis résolu parce que je voulais que mon personnage soit porté au seul grand problème par la voie du quotidien et du naturel.

La sensibilité philosophique de Camus impose une forme particulière à son roman, en dessinant en creux, comme négativement, la place essentielle du problème du sens de la vie pour l'homme qui a une double attache contradictoire, naturelle et sociale.

2.

Un roman exemplaire : l'horizon du mythe

1. *La sensibilité du moraliste*

Jean Paulhan, dans une lettre de février 1942 à Albert Camus qui lui avait envoyé ses « trois Absurdes », dit sa préférence pour *L'Étranger* qui lui « paraît très grand » : il « fixe un point au-delà de l'absurde ». La formule est remarquable parce qu'elle nous invite à comprendre en quoi le roman est irréductible à l'illustration d'une pensée abstraite. Nous sommes en effet très loin du roman à thèse, comme Sartre le montre bien dans son « Explication de *L'Étranger* ». Le personnage reste opaque, ambigu. Le lecteur ne peut le comprendre tout à fait, comme son amie Marie qui le trouve « bizarre », comme le juge d'instruction, au début de la deuxième partie, qui reste très perplexe. Le lecteur ne peut pas davantage le juger sans trouble. Cela atteste de la densité romanesque indéniable du personnage, qui est loin d'être une figure transparente, un simple prête-nom. L'étrangeté du roman vient de cette ambiguïté et d'une sensation d'opacité, d'épaisseur de significations que la pensée ne parvient pas à traverser ni à résoudre. Les questions problématiques du destin, de l'origine, de la mort, de la filiation nourrissent le roman et lui donnent une dimension métaphysique. En revanche, les thèmes du problème pratique de l'action et de la responsabilité indiquent la préoccupation morale de l'auteur. Sartre qualifie ainsi *L'Étranger*, à la fin de son « Explication », de « court roman de moraliste ».

Aussi comprend-on l'irrésolution de l'écrivain face à son identité : romancier, philosophe, moraliste ? Cependant, dès 1935, Albert Camus valorise l'idée d'une pensée par images, qui serait fidèle à la réalité de l'homme. Pensant selon les mots, et non selon les idées, l'écrivain veut faire sentir le caractère problématique de la vie humaine qu'accentue justement l'écart entre la pensée et la vie (*Carnets*, II) :

> La pensée est toujours en avant. Elle voit trop loin, plus loin que le corps qui est dans le présent. Supprimer l'espérance, c'est ramener la pensée au corps.

C'est cet écart, creusé pour le malheur de l'homme par l'espérance, que Meursault s'efforce de réduire en prenant le parti pris négatif d'écluser toutes les questions de sa conscience : « J'avais un peu perdu l'habitude de m'interroger », confie Meursault à son avocat (II, 1). La valeur de la vie humaine n'apparaît plus alors qu'à travers la jouissance sensorielle du moment présent. Cet attachement à la vie terrestre et présente s'exprime à la fin du roman avec une envolée lyrique qui rompt le ton d'une écriture jusque-là très mesurée.

2. *Quelle morale ?*

La fin du roman met en avant un certain hellénisme qui pourrait fournir les éléments d'une morale. En effet, d'une part, l'attention accordée par Meursault aux plaisirs de la sensation atteste d'un certain épicurisme, valorisé dans le texte par les descriptions d'une innocente simplicité ; cette sensorialité aiguisée caractérise le personnage du début à la fin, même en prison. D'autre part, son effort constant pour ne pas se laisser troubler par des pensées ou des angoisses et pour se tenir, avec vigilance, à distance des événements tout en s'y conformant, est proche de la morale stoïcienne. Meursault évoque d'ailleurs la figure du sage stoïcien lorsque, dans sa cellule, il parvient à dompter les effets somatiques de l'angoisse de mort, en raisonnant de façon méthodique et rationnelle sur les lois et sur les chances de son pourvoi (II, 5). Ne faut-il pas voir aussi dans sa capacité de dormir sans être troublé dans sa cellule — « je peux dire que, dans les derniers mois, je dormais de seize à dix-huit heures par jour » (II, 2) — l'effet d'une décision mentale ? L'idéal d'apathie hellénique servirait au récit exemplaire, et l'indifférence de Meursault découlerait alors de cet effort d'insensibilisation.

La vérité, celle du matérialisme antique et méditerranéen, est celle du corps et de l'instant. La phrase courte de *L'Étranger*, se suffisant à elle-même, valorise donc l'instant comme une « belle totalité », exprimant l'intensité d'être et de sentir de l'individu. Et c'est bien un attachement viscéral à la vie terrestre et sensuelle que revendique Meursault à la fin du roman, avec une volubilité et une conviction singulières. On ne saurait négliger ici la charge critique contre toute morale d'inspiration religieuse (chrétienne), opposant le devoir au péché et condamnant les penchants naturels, terrestres, du corps. Cette critique, qui prend les dehors de la défense d'un sensualisme brut, doit être attribuée à l'auteur qui écrit dans *Noces à Tipasa* :

> C'est le grand libertinage de la nature et de la mer qui m'accapare tout entier [...]. Tout ici me laisse intact, je n'abandonne rien de moi-même, je ne revêts aucun masque.

Cependant, le sensualisme revendiqué et valorisé par l'auteur n'en revêt pas moins un caractère problématique dans le roman. Le fait qu'aucun sentiment ne mette de bornes aux penchants naturels de Meursault pose en effet le problème pratique d'une action positive. Meursault est confronté aux limites de son principe de vie, conduit au meurtre et condamné à l'échafaud. Devant son avocat, il reconnaît avoir « une nature telle que [s]es besoins physiques dérangeaient souvent [s]es sentiments » (II, 1) et, devant le juge d'instruction qui l'interroge sur les motifs du crime, il retrace la succession des faits, sans mettre en avant de réelle motivation : « Raymond, la plage, le bain, la querelle, encore la plage, la petite source, le soleil et les cinq coups » (II, 1). Il est, en d'autres termes, dépossédé de sa propre action ; le rendre « responsable » est en un sens absurde, et pourtant il a tué.

Le roman ne prône donc pas un immoralisme fondé sur le sensualisme, puisqu'il en souligne au contraire les limites. Le récit s'inspire plutôt d'une morale négative qui met en perspective la question d'une morale positive pour l'individu moderne — un homme sans dieu au sein d'une civilisation mécanisée. Une formule que l'on trouve dans les *Carnets* laisse entendre que cette morale, à l'époque de *L'Étranger*, est à venir et qu'il s'agit là d'une recherche nécessaire : « Et les voilà qui meuglent :

je suis immoraliste. Traduction : j'ai besoin de me donner une morale. Avoue-le donc, imbécile. Moi aussi » (I, 41).

3. *Le mythe, « dans l'épaisseur de la réalité »*

Selon Albert Camus dans *Introduction à Chamfort*, « nos plus grands moralistes ne sont pas des faiseurs de maximes, mais des romanciers » animés par une profonde passion de l'homme, créant des mythes. Le mythe permet de mettre en perspective la réalité et son opacité, en faisant jouer un registre de signification symbolique, qui n'est pas univoque. Ainsi, dans *L'Étranger*, l'espace s'organise symboliquement : il oppose l'espace clos et retranché de la chambre dans la première partie et de la cellule dans la deuxième partie, lieux de solitude ou d'intimité, à l'espace social (les bureaux, celui du directeur de l'asile, celui de la compagnie où Meursault travaille, la salle mortuaire, le restaurant de Céleste, le bus, la rue, les couloirs et la cage d'escalier de son immeuble), lieu de l'intrusion de l'autre et du rapport nécessaire avec lui. L'espace idéal du roman a alors un caractère théâtral, la moindre confrontation y acquérant une dimension d'étrangeté et faisant naître une tension dramatique. Le fait que l'Arabe ne soit pas individualisé et n'apparaisse que comme une figure, une image énigmatique, accentue cette dimension théâtrale.

L'ambition mythique, ou symbolique, d'Albert Camus dans *L'Étranger* permet de concilier deux remarques de l'auteur, apparemment contradictoires : d'une part, il considère ses personnages comme « des êtres sans mensonge, donc non réels » qui « ne sont pas au monde » (*Carnets,* II, mai 1950) ; d'autre part, il affirme que « incapable de sublimer le réel, la pensée s'arrête à le mimer » (*Le Mythe de Sisyphe,* « La création absurde »). C'est grâce à l'attention au détail que l'écriture trouve à pénétrer dans l'épaisseur de la réalité et à mettre sa signification en perspective. Albert Camus prête en ce sens une attention particulière au détail « insignifiant ». Le détail permet de construire ses symboles sur le concret, de l'inscrire au sein d'une expérience réelle. Ainsi cette « bizarre petite femme » aux gestes saccadés, avec son programme radiophonique (I, 5), ou le vieux Salamano avec son chien, figures construites à partir de détails « insignifiants » qui retiennent tous deux particulièrement l'attention de Meursault, symbolisent la mécanique de l'habitude. Albert Camus a voulu s'inscrire dans la tradition des grands romanciers créateurs de mythe, au premier rang desquels figure, à ses yeux, Herman Melville, l'auteur de *Moby Dick.* Il écrit à son propos (« Présentation d'Herman Melville ») :

> Le créateur de mythes ne participe au génie que dans la mesure où il les inscrit dans l'épaisseur de la réalité et non dans les nuées fugitives de l'imagination. […] Chez Melville le symbole sort de la réalité, l'image naît de la perception. C'est pourquoi Melville ne s'est jamais séparé de la chair ni de la nature […]. Ces livres déchirants où la créature est accablée mais où la vie, à toutes les pages, est exaltée, sont des sources inépuisables de force et de pitié. On y trouve la révolte et le consentement.

Ces remarques pourraient aussi bien caractériser l'art d'Albert Camus dans *L'Étranger.*

Pour approfondir la réflexion

M. G. BARRIER, *L'Art du récit dans* L'Étranger *d'Albert Camus,* Paris, A. G. Nizet, 1951.

Roland BARTHES, « L'écriture et le silence » in *Le Degré zéro de l'écriture,* Paris, Points Seuil, 1972, pp. 54-57.

Albert CAMUS, *L'Intelligence et l'échafaud, in* Bibliothèque de la Pléiade, vol. I, Paris, Gallimard, 1965.

Pierre-Georges CASTEX, *Albert Camus et « L'Étranger »*, Paris, José Corti, 1986.

Nathalie SARRAUTE, *L'Ère du soupçon, essai sur le roman,* Paris, Gallimard, 1956.

Jean-Paul SARTRE, « Explication de *L'Étranger* », in *Situations,* I, Paris, Gallimard, pp. 92-112.

L'écrivain à sa table de travail

Un classicisme « instinctif »

1.

La matière du roman

Les *Carnets* permettent de rendre compte de la genèse de *L'Étranger*, même s'ils ne mentionnent paradoxalement qu'une seule fois le titre du roman en mai 1940 pour signaler que l'œuvre est terminée. En effet, dès 1935, Albert Camus consigne des idées, des notes, des anecdotes, des passages entièrement rédigés qui, rétrospectivement, apparaissent préparer la rédaction du livre à laquelle il travaille de façon suivie à partir du début de 1939. L'écrivain ne donnera donc au roman son titre définitif que tardivement, l'intitulant d'abord *Meursault* en 1939, et hésitant encore au printemps 1940, comme en témoigne le manuscrit, entre plusieurs titres : *La Pudeur, Un homme libre, Un homme heureux, Un homme comme les autres.* Cette hésitation se justifie sans doute par la richesse de contenu du roman, nourri progressivement d'éléments tirés de l'expérience, de la sensibilité et de la réflexion de l'auteur. Celui-ci, en signant des articles pour le *Soir républicain* sous le pseudonyme de « Jean Mersault », signale le lien de parenté avec son personnage.

1. *Le goût, l'ambition de vivre*

Albert Camus a très tôt conscience que « l'œuvre est un aveu » et qu'« il [lui] faut témoigner » (*Carnets*, I, mai 1935). C'est un genre particulier de confidence qui se nourrit donc de la « personnalité » de son auteur. Or le goût de la vie apparaît comme l'expression première de la personnalité de l'écrivain, « né du soleil et de la mer ». Ce « vouloir vivre », aiguisé par une nature méditerranéenne, donne l'impulsion à l'ambition d'écrire. Ainsi, les œuvres de jeunesse, de *L'Envers et l'endroit*, et des *Noces* à *Caligula* (dont le projet est conçu depuis 1937), puisent à cette source. Une lettre d'Albert Camus à Jean de Maisonseul, datée de 1937, précise ses perspectives après les premiers essais de *L'Envers et l'endroit* : « Plus tard, j'écrirai un livre qui sera une œuvre d'art. Je veux dire bien sûr une création, mais ce seront les mêmes choses que je dirai et tout mon progrès, je le crains, sera la forme [...]. Si je n'ai pas dit tout le goût que je trouve à la vie, toute l'envie que j'ai de mordre à pleine chair, si je n'ai pas dit que la mort même et la douleur ne faisaient qu'exaspérer en moi cette ambition de vivre, alors je n'ai rien dit. » *L'Étranger*, comme *Noces*, exprime cette jouissance de la vie au bord de la mer qui s'exprime à travers les joies procurées par la baignade, la chaleur du soleil, la beauté du ciel et des floraisons de la nature méditerranéenne. Le thème du bonheur, amené à la fin de *L'Étranger* par le motif de la quiétude retrouvée grâce à la douceur et à la beauté de la nuit d'été, se développe dans des termes explicites dans *Noces* :

l'été à Alger permet de « retrouver cette partie de l'âme où devient sensible la parenté du monde ».

2. *Le thème de la mort*

Cependant, le texte que nous venons de citer évoque immédiatement après le thème de la violence, qui rejoint le motif criminel du roman : l'été à Alger, c'est aussi retrouver cette patrie de l'âme « où les coups du sang rejoignent les pulsations violentes du soleil de deux heures » (*Noces*). Apparaît alors le lien indissoluble et problématique de ce qui suscite le désir de vivre et de ce qui fait naître l'angoisse de la mort. Cette ambivalence de l'influence à la fois bénéfique et violente du soleil sur l'individu est un thème principal de *L'Étranger*. Le roman puise à l'expérience d'un individu qui vient d'un pays où le soleil « tue les questions » — pour reprendre une expression forgée par l'auteur dans *Caligula* — et où à la fois il invite « à ne pas tricher » (*Noces*). L'impossibilité de tricher renvoie ici d'abord à l'impuissance des conventions sociales face à la nature sensuelle de l'homme, si sollicitée dans un tel climat. Cette impossibilité renvoie ensuite à l'idée d'une nécessaire lucidité face à la mort. Le premier projet romanesque d'envergure de l'écrivain s'intitule *La Mort heureuse*, ce titre indiquant explicitement la préoccupation de l'auteur, aux prises avec une maladie pulmonaire qui, à partir de 1937, menace de devenir fatale. C'est ainsi que les *Carnets*, datant de cette période, concentrent des réflexions sur le spectre de la mort et sur l'attitude à avoir face à cette angoisse nourrie par un désir de vivre d'autant plus exacerbé.

Apparaît ainsi d'abord dans les *Carnets* le motif du combat pour la vie, et, par-là même, le rejet scandalisé de tout discours consolant, notamment d'origine religieuse : « Combat tragique du monde souffrant. Futilité du problème de l'immortalité » (*Carnets*, I). Qu'importe en effet « l'après » lorsque l'on est convaincu que la vraie vie est ici-bas ? Les *Noces* précisent : « S'il y a un péché contre la vie, ce n'est pas tant d'en désespérer que d'espérer une autre vie. » Dans *L'Étranger*, face à l'aumônier qui insiste : « Aimez-vous donc cette terre à ce point ? », Meursault affirme que la seule vie possible et désirable est « une vie où [il] pourr[a] [se] souvenir de celle-ci » (p. 118), après lui avoir déjà répondu fermement qu'il n'avait aucun espoir et qu'il pensait en effet mourir tout entier lorsqu'il mourrait (p. 116).

Cependant, la volonté d'accepter et de renoncer apparaît ensuite. C'est l'effort de lucidité qui permet de rétablir le calme et de jouir d'une certaine sérénité. La dernière page du roman fait ainsi écho à une « révélation » personnelle de l'auteur confronté à la conscience aiguë de sa maladie : « Je ne serais pas digne d'aimer la nudité des plages si je ne savais demeurer nu devant moi-même. Pour la première fois, le sens du mot bonheur ne me paraît pas équivoque » (*Carnets*, I). Cette autre note souligne encore l'effet bénéfique, heureux, de la clairvoyance face à la mort : « La mort ! À continuer ainsi, je finirai bien par mourir heureux. » De la même façon, Meursault déclare avant son exécution — qui peut ainsi faire l'objet d'une ellipse —, « vidé d'espoir, devant cette nuit chargée de signes et d'étoiles, je m'ouvrais pour la première fois à la tendre indifférence du monde. De l'éprouver si pareil à moi, si fraternel enfin, j'ai senti que j'avais été heureux, et que je l'étais encore » (p. 120).

3. *La figure de la mère*

Précisément, dans ce moment de lucidité et d'apaisement, Meursault évoque sa mère : « Pour la première fois depuis bien longtemps, j'ai pensé à maman » (p. 120) et témoigne soudain de son attachement affectif et de la profonde compréhension de la situation de sa mère au terme de sa vie. Même si, à la fin, il recourt au même terme « maman » dont l'emploi, au premier chapitre du roman, fait peser sur le narrateur un soupçon d'infantilisme, le fils témoigne d'un respect infini envers sa mère, dénonçant dans un sursaut de conscience l'indignité de tous ceux qui non seulement pleurèrent sa mère et jugèrent sa vie, mais qui le jugèrent également, lui, parce qu'il n'avait pas eu une attitude conforme, correspondant à la norme : « Il m'a semblé que je comprenais pourquoi à la fin d'une vie elle avait pris un "fiancé", pourquoi elle avait joué à recommencer. Là-bas, là-bas aussi, autour de cet asile où des vies s'éteignaient, le soir était comme une trêve mélancolique. Si près de la mort, maman devait s'y sentir libérée et prête à tout revivre. *Personne, personne n'avait le droit de pleurer sur elle.* Et moi aussi, je me suis senti prêt à tout revivre » (p. 120, c'est nous qui soulignons). Cet extrait met en évidence le rapport entre le thème du fils affrontant l'idée de la mort et l'attitude de la mère à la fin de son existence, incarnant alors à ses yeux l'attachement viscéral à la vie. Ainsi, dans *L'Étranger*, Albert Camus fait fusionner deux histoires conçues séparément en 1936 : l'« Histoire du quartier pauvre. Mort de la mère » et l'« Histoire du condamné à mort » (*Carnets*, I). Des notes de mai 1935 donnent la trame d'un projet antérieur de raconter la vie dans les quartiers pauvres par le biais d'une histoire d'une mère et d'un fils :

> Il faudrait que tout cela s'exprime par le truchement de la mère et du fils.
> Ceci dans le général.
> À préciser, tout se complique :
> 1) Un décor. Le quartier et ses habitants.
> 2) La mère et ses actes.
> 3) Le rapport du fils à la mère.
> Quelle solution. La mère ? Dernier chapitre : la valeur symbolique réalisée par la nostalgie du fils ???

2.

Un souci classique de la forme

Si le titre du roman n'est pas encore trouvé alors qu'il est presque achevé, en raison de la richesse du contenu que nous avons essayé de suggérer plus haut, le mot « étranger » cependant revient plusieurs fois dans les *Carnets* datant de cette période (III, mars 1940) :

> Et tout m'est étranger, tout sans un être à moi, sans un lieu où refermer cette plaie. […] Je ne suis pas d'ici — pas d'ailleurs non plus. […] Étranger, qui peut savoir ce que ce mot veut dire.
>
> *

> Étranger, avouer que tout m'est étranger.
> Maintenant que tout est net, attendre et ne rien épargner. Travailler du moins de manière à parfaire à la fois le silence et la création. Tout le reste, tout le reste, quoi qu'il advienne, est indifférent.

L'accent personnel du premier passage, qui fait écho au départ forcé d'Algérie, empêche de penser que ces lignes se réfèrent au roman. Mais la détermination lucide et résolue du deuxième passage renvoie au travail conscient de l'écrivain, soulignant le souci formel de faire une véritable œuvre d'art, c'est-à-dire une œuvre qui ne soit pas bavarde.

1. *Les premiers essais et le problème formel*

Albert Camus juge durement ses premiers écrits narratifs : « Tels qu'ils sont présentés, ces essais, pour beaucoup sont informes [il s'agit des récits courts et anecdotiques de *L'Envers et l'endroit,* premier recueil publié de l'auteur en 1937]. Ce qui ne vient pas d'un mépris commode à l'égard de la forme mais seulement d'une insuffisante maturité. » Dans une lettre à Jean de Maisonseul, datant de la même période, que nous déjà avons citée, on retrouve un jugement identique sur l'insuffisance formelle qui caractérise ces premières tentatives : « Je manque de métier [...]. J'ai beaucoup travaillé ces choses mais avec une manie de nudité qui me desséchait moi-même. Plus tard, j'écrirai un livre qui sera une œuvre d'art. [...] Même si certaines pages sont bien écrites, c'est mon cœur et ma chair qui ont bien écrit et pas mon intelligence. » Ainsi l'objectif est fixé en même temps que se met en place une perspective de recherche formelle.

Les *Carnets*, qu'Albert commence à tenir à partir de mai 1935, constituent le journal des créations de l'écrivain et témoignent du souci permanent de la forme juste et du langage « correct » pour exprimer de façon incontestable, évidente, une matière subjective à la fois volatile (subtile) et débordante (passionnelle). Les trois premiers *Cahiers* (mai 1935-février 1942) livrent ainsi une information précieuse sur l'évolution du travail de l'écrivain et sur la genèse formelle de *L'Étranger.* Or celle-ci semble devoir beaucoup à la première tentative romanesque manquée de *La Mort heureuse.* Les étapes de création de ce roman manqué tiennent une large place dans les *Carnets,* ce qui n'est pas le cas pour *L'Étranger. La Mort heureuse* a été l'occasion pour l'écrivain d'un travail renouvelé sur la forme : on compte de multiples plans en trois parties, une tentative de plan en quatre parties, et finalement un plan définitif en deux parties aux dimensions sensiblement inégales. Ce roman abandonné raconte l'histoire de Patrice Mersault (on remarque que le personnage, contrairement à celui de *L'Étranger,* a un prénom et qu'il est nommé dès la première ligne). Il assassine, sans remords, un homme riche et infirme, Roland Zagreus, dont il était devenu proche. La première partie raconte le meurtre et les deux jours le précédant ; la deuxième partie, ponctuée d'épisodes digressifs, raconte la vie du personnage, ses rencontres, ses voyages, ses habitations, jusqu'à sa mort naturelle, de pleurésie.

Comportant bien des thèmes de *L'Étranger, La Mort heureuse* se caractérise cependant par un déséquilibre formel et des personnages qui forment une galerie de portraits dont la nécessité romanesque n'est pas toujours évidente. Le romancier laisse alors une trop grande place aux hasards, aux accidents et aux tentations de sa sensibilité. La rigueur formelle reste une discipline difficile comme en témoignent certaines notes sur *La Peste* : « Peste. Impossible d'en sortir. Trop de "hasards" cette fois dans la rédaction », et l'auteur de conclure : « Il faut coller étroitement à l'idée » (*Carnets* IV).

2. *À la recherche du « langage pur » : le silence de l'écrivain classique*

La forme rigoureuse, implacable, simple et éclatante, du premier roman doit donc beaucoup à la tentative manquée de *La Mort heureuse*. Le souci de la forme, dont témoigne le travail obstiné sur son premier projet romanesque, exprime d'abord l'instinct personnel de l'auteur. Il trouve ensuite une formulation théorique, comme en témoigne notamment *L'Intelligence et l'échafaud*, un essai datant de 1943. Cet essai valorise la tradition française du roman classique, précisant l'écueil qui guette l'écrivain et justifiant l'exigence formelle en littérature :

> En littérature française, le grand problème est ainsi la traduction de ce qu'on sent en ce qu'on veut faire sentir. Nous appelons mauvais écrivain celui qui s'exprime en tenant compte d'un contexte intérieur que le lecteur ne peut connaître. L'auteur médiocre, par là, est amené à dire tout ce qui lui plaît. [...] Une grande partie du génie romanesque français tient dans cet effort éclairé pour donner aux cris des passions l'ordre d'un langage pur.

Albert Camus parle à cette occasion d'une nécessaire obstination de l'écrivain qui doit poursuivre une seule idée. La rigueur formelle, ou la « perfection apollinienne », qui découle de la rigueur de l'intention, tient en une simplicité de composition et une unité de ton justifiée par un but : « mener imperturbablement les personnages au rendez-vous qui les attend ». Ainsi Albert Camus, en une formule lumineuse, définit et affirme sa conception classique du roman : « Le roman fabrique du destin sur mesure. » En évoquant Mme de Lafayette, Stendhal et Benjamin Constant, Albert Camus inscrit son œuvre dans le sillage du classicisme français. Comme le montre bien Nathalie Sarraute qui annonce dans *L'Ère du soupçon* la naissance du Nouveau Roman, *L'Étranger*, sous des dehors de modernité, est une œuvre classique : « Le style même dans lequel [Meursault] s'exprime fait de lui, bien plutôt que l'émule du héros mugissant de Steinbeck, l'héritier de la Princesse de Clèves et d'Adolphe. »

Ainsi, comme le déclare Camus, si « l'essence du roman est dans cette correction perpétuelle, toujours dirigée dans le même sens, que l'artiste effectue sur son expérience », cette correction perpétuelle, cet effort de transformation s'exerce en premier lieu sur le langage. Le romancier s'efforce à être le plus silencieux, le moins bavard possible, autrement dit, il s'efforce à « dire le moins ». Le style d'écriture de Camus dans *L'Étranger*, que le critique Roland Barthes qualifie d'« écriture blanche » dans *Le Degré zéro de l'écriture* (Seuil, 1972), découle sans doute de cette discipline d'inspiration classique alimentant le goût de l'épure. Le style du roman naît ainsi à l'occasion d'un projet romanesque maîtrisé auquel l'auteur témoignera une fidélité quotidienne, enrichissant progressivement le roman d'épisodes choisis en fonction de son « idée préconçue », idée désormais fixe pour l'écrivain. La clarté de l'horizon d'idées du roman doit aussi beaucoup à la conception des « trois Absurdes » formant un système. Le fait de travailler trois genres différents (le roman, le théâtre, l'essai) a permis ainsi de calibrer l'écriture. Précisons enfin ici que la confrontation à l'exigence formelle théâtrale, dont Albert Camus est très familier — entre 1935 et 1939, il met en scène pas moins de dix pièces de théâtre —, est sans doute déterminante dans la disparition des problèmes de parasitage de la forme dans *L'Étranger*, grâce à l'expérience de la contrainte qu'imposent l'espace restreint de la scène et la pureté des thèmes dramatiques et tragiques traités au théâtre.

Pour approfondir la réflexion

Les *Carnets* d'Albert Camus souvent cités dans ce dossier sont publiés en trois tomes aux Éditions Gallimard.

On pourra consulter avec profit l'édition critique de *L'Étranger* dans la Pléiade, faite par Roger Quilliot (*Théâtre, récits, nouvelles*).

Groupement de textes

Personnages insoumis

DANS *L'ÉTRANGER*, Meursault a une densité romanesque irréductible. Loin d'être transparent, il a un caractère affirmé, incontestable, et une individualité hors du commun qui fait de lui un être qui n'appartient pas au monde réel, mais bien à un univers romanesque. Il est au sens fort du terme un « personnage », et non une simple dénotation d'un individu réel anonyme. Il a en ce sens l'étoffe d'un héros romanesque. Doté d'un caractère intransigeant, il a un destin exemplaire.

Si on a pu rapprocher *L'Étranger*, à l'époque de sa parution, des romans américains contemporains, en raison de la simplicité du style de l'auteur et de l'apparente transparence psychologique du personnage, il apparaît que l'inspiration d'Albert Camus dans *L'Étranger*, notamment pour la composition de son personnage, est plus classique que moderne, pour reprendre cette opposition datant du XVIIe siècle. Albert Camus rejette lui-même l'inspiration américaine contemporaine au nom de la technique romanesque classique : « En généralisant le procédé [américain], on aboutit à un univers d'automates et d'instincts. Ce serait un appauvrissement considérable. C'est pourquoi en rendant à la littérature américaine ce qui lui revient, je donnerais cent Hemingway pour un Stendhal ou un Benjamin Constant. Et je regrette l'influence de cette littérature sur beaucoup de jeunes auteurs » (*Nouvelles littéraires*, 15 novembre 1945).

Meursault est l'héritier du personnage du roman classique qui s'épanouit au XIXe siècle. Il n'est pas en ce sens, comme Nathalie Sarraute le fait remarquer, le précurseur du personnage du Nouveau Roman qui voit le jour à la fin des années 1940. Celui-ci est déconstruit, il perd sa densité ou son « objectivité » romanesques. Le destin singulier et exemplaire de Meursault évoque le destin des grands personnages des romans du XIXe siècle. Meursault a l'envergure d'un personnage qui vit indépendamment de son auteur. Comme Julien Sorel, le capitaine Achab, Ismaël, Jean Valjean, Raskolnikov, Meursault offre à son tour un exemple singulier de force et d'intransigeance à l'égard de lui-même, de la société et du destin en général. Cette intransigeance découle toujours d'une passion fondamentale qui prévaut sur tout le reste. Ainsi ces personnages sont insoumis, car ils n'obéissent qu'à leur passion et non aux lois sociales. Ils sont fondamentalement seuls, et ils revendiquent et réclament cette solitude comme les caractérisant. L'insoumission de ces personnages romanesques conduit chacun de leurs auteurs, de manière différente, à leur tracer un destin exemplaire qui est comme une leçon que le lecteur retient durablement.

1.

Le mépris de l'individu ambitieux

Ayant pris pour point de départ un fait divers réel, l'affaire Berthet, pour écrire *Le Rouge et le Noir* publié en 1830, Stendhal s'éloigne cependant du réalisme professé par son contemporain Honoré de Balzac. Si le romancier place en exergue de son roman les mots de Danton : « La vérité, l'âpre vérité », et si ses récits et ses descriptions sont nourris de ce qu'il appelle des « petits faits vrais », l'intention de l'auteur n'est pas de rendre le réel avec objectivité et exhaustivité. Stendhal, tout au long du roman, s'attache bien plutôt à analyser les motivations et les pulsions qui déterminent la destinée de son personnage principal, Julien Sorel. Le romancier cherche également à faire ressortir la force de caractère de son héros, sa passion de la protestation qui fait de lui un personnage singulier et insoumis. Fils d'un bûcheron, le jeune homme, fervent admirateur de Napoléon, est à la fois animé d'une ambition sociale dévorante et d'un profond mépris pour la société aristocratique à laquelle, par orgueil, il veut appartenir. Près de voir ses ambitions réalisées grâce à son mariage avec Mathilde de la Mole, Julien voit cependant sa réputation ruinée par Mme de Rênal, sa première maîtresse et bienfaitrice, qui, contrainte par son confesseur, le dénonce comme un arriviste sans scrupule. Passionné, Julien veut se venger et tente de l'assassiner de deux coups de feu. Lors de son procès, le héros revendique sa culpabilité tout en faisant un réquisitoire contre l'inégalité des chances dans une société régie par les distinctions de classes. Bien que la tentative d'assassinat fût manquée, Julien est condamné à la peine de mort. Et de manière exemplaire, il refuse de faire appel, acceptant son sort et goûtant miraculeusement dès lors à un sentiment de bonheur.

STENDHAL (1783-1842)

Le Rouge et le Noir (1830)

(La bibliothèque Gallimard n° 24)

Voilà le dernier de mes jours qui commence, pensa Julien. Bientôt il se sentit enflammé par l'idée du devoir. Il avait dominé jusque-là son attendrissement et gardé sa résolution de ne point parler ; mais quand le président des assises lui demanda s'il avait quelque chose à ajouter, il se leva. Il voyait devant lui les yeux de Mme Derville qui, aux lumières, lui semblèrent bien brillants. Pleurait-elle, par hasard ? pensa-t-il.

« Messieurs les jurés,

« L'horreur du mépris, que je croyais pouvoir braver au moment de la mort, me fait prendre la parole. Messieurs, je n'ai point l'honneur d'appartenir à votre classe, vous voyez en moi un paysan qui s'est révolté contre la bassesse de sa fortune.

« Je ne vous demande aucune grâce, continua Julien en affermissant sa voix. Je ne me fais point illusion, la mort m'attend : elle sera juste. J'ai pu attenter aux jours de la femme la plus digne de tous les respects, de tous les hommages. Madame de Rênal avait été pour moi comme une mère. Mon crime est atroce, et il fut *prémédité*. J'ai donc mérité la mort, messieurs les jurés. Mais quand je serais moins coupable, je vois des hommes qui, sans s'arrêter à ce que ma jeunesse peut mériter de pitié, voudront

punir en moi et décourager à jamais cette classe de jeunes gens qui, nés dans une classe inférieure et en quelque sorte opprimés par la pauvreté, ont le bonheur de se procurer une bonne éducation, et l'audace de se mêler à ce que l'orgueil des gens riches appelle la société.
« Voilà mon crime, messieurs, et il sera puni avec d'autant plus de sévérité que, dans le fait, je ne suis point jugé par mes pairs. Je ne vois point sur les bancs des jurés quelque paysan enrichi, mais uniquement des bourgeois indignés… »

Pendant vingt minutes, Julien parla sur ce ton ; il dit tout ce qu'il avait sur le cœur ; l'avocat général, qui aspirait aux faveurs de l'aristocratie, bondissait sur son siège ; mais malgré le tour un peu abstrait que Julien avait donné à la discussion, toutes les femmes fondaient en larmes. Mme Derville elle-même avait son mouchoir sur ses yeux. Avant de finir, Julien revint à la préméditation, à son repentir, au respect, à l'adoration filiale et sans bornes que, dans les temps plus heureux, il avait pour Mme de Rênal… Mme Derville jeta un cri et s'évanouit.

(II, chapitre 41, « Le jugement »)

2.

La « chute » d'un homme

Victor Hugo commence *Les Misérables* en 1845, alors académicien et pair de France. Il reprend le roman en 1860 lorsqu'il est en exil à Guernesey, écarté du pouvoir. Le roman est publié sous son titre définitif en 1862 et apparaît comme le manifeste résolument engagé d'un proscrit et d'un visionnaire contre une société inique, capable de s'acharner systématiquement et aveuglément sur l'individu. Jean

Valjean incarne cet individu marqué du sceau indélébile de la « Justice » de la société, pour avoir volé un morceau de pain. La première partie du roman le présente après ses dix-neuf ans de bagne, comme un paria que la société persiste à rejeter alors qu'il a purgé sa peine. Cette exclusion sociale, due à une marginalité forcée pendant des années, alimente la haine du personnage à l'encontre de toute la société des hommes, et achève de le durcir. Les premiers chapitres du deuxième livre intitulé « La chute » analysent chaque étape du naufrage social du personnage, de manière à rendre sensible son caractère tragique, le sort étant à la fois injustifié et cependant implacable.

Victor Hugo, dans une note liminaire, souligne la dimension humanitaire et engagée de ce grand roman tenant à la fois du récit exemplaire, du discours didactique, du récit épique, du roman policier… : « Tant qu'il existera par le fait des lois et des mœurs, une damnation sociale créant artificiellement, en pleine civilisation, des enfers, et compliquant d'une fatalité humaine la destinée qui est divine ; […] tant qu'il y aura sur la terre ignorance et misère, des livres de la nature de celui-ci pourront ne pas être inutiles. »

Victor HUGO (1802-1885)

Les Misérables (1862)

(Folio classique n°s 3223 et 3224)

Jean Valjean était entré au bagne sanglotant et frémissant ; il en sortit impassible. Il y était entré désespéré ; il en sortit sombre.

Que s'était-il passé dans cette âme ?

VII

Le dedans du désespoir

Essayons de le dire.

Il faut bien que la société regarde ces choses puisque c'est elle qui les fait.

C'était, nous l'avons dit, un ignorant; mais ce n'était pas un imbécile. La lumière naturelle était allumée en lui. Le malheur, qui a aussi sa clarté, augmenta le peu de jour qu'il y avait dans cet esprit. Sous le bâton, sous la chaîne, au cachot, à la fatigue, sous l'ardent soleil du bagne, sur le lit de planches des forçats, il se replia en sa conscience et réfléchit.

Il se constitua tribunal.

Il commença par se juger lui-même.

Il reconnut qu'il n'était pas un innocent injustement puni. Il s'avoua qu'il avait commis une action extrême et blâmable; qu'on ne lui eût peut-être pas refusé ce pain s'il l'avait demandé [...].

Puis il se demanda :

S'il était le seul qui avait eu tort dans sa fatale histoire? Si d'abord ce n'était pas une chose grave qu'il eût, lui travailleur, manqué de travail, lui laborieux, manqué de pain. Si, ensuite, la faute commise et avouée, le châtiment n'avait pas été féroce et outré. S'il n'y avait pas plus d'abus de la part de la loi dans la peine qu'il n'y avait eu d'abus de la part du coupable dans la faute. S'il n'y avait pas excès de poids dans un des plateaux de la balance, celui où est l'expiation. Si la surcharge de la peine n'était point l'effacement du délit, et n'arrivait pas à ce résultat : de retourner la situation, de remplacer la faute du délinquant par la faute de la répression, de faire du coupable la victime et du débiteur le créancier, et de mettre définitivement le droit du côté de celui-là même qui l'avait violé. Si cette peine, compliquée des aggravations successives pour les tentatives d'évasion, ne finissait pas par être une sorte d'attentat du plus fort sur le plus faible, un crime de la société sur l'individu, un crime qui recommençait tous les jours, un crime qui durait dix-neuf ans.

[...]

Ces questions faites et résolues, il jugea la société et la condamna.

Il la condamna à sa haine.

Il la fit responsable du sort qu'il subissait, et se dit qu'il n'hésiterait peut-être pas à lui en demander compte un jour. Il se déclara à lui-même qu'il n'y avait pas équilibre entre le dommage qu'il avait causé et le dommage qu'on lui causait ; il conclut enfin que son châtiment n'était pas, à la vérité, une injustice, mais qu'à coup sûr c'était une iniquité.

La colère peut être folle et absurde ; on peut être irrité à tort ; on n'est indigné que lorsqu'on a raison au fond par quelque côté. Jean Valjean se sentait indigné.

[...]

Cela est triste à dire, après avoir jugé la société qui avait fait son malheur, il jugea la providence qui avait fait la société.

Il la condamna aussi.

Ainsi, pendant ces dix-neuf ans de torture et d'esclavage, cette âme monta et tomba en même temps. Il y entra de la lumière d'un côté et des ténèbres de l'autre.

(Première partie, Deuxième livre, « La chute »)

3.

L'homme et la mer : l'esprit de liberté

Herman Melville, homme de lettres américain et homme d'aventures, maître d'école et marin, publie *Moby Dick* en 1851. Ce livre raconte l'épopée d'un équipage lancé à la poursuite d'une invincible baleine blanche. L'acharnement passionné d'un homme, le capitaine Achab, tout entier habité par la haine de ce monstre inhumain qui l'amputa par le passé d'une jambe, qui finit à la fin du roman par l'anéantir, est le moteur de cette épopée, de cette aventure spirituelle qui confronte les forces de l'homme à ce qui le dépasse. Si le capitaine Achab se caractérise par son idée fixe et l'aliénation qu'elle entraîne, le narrateur, témoin et partie prenante de l'aventure, incarne un esprit de liberté impérieux. À cet esprit correspond une échelle de valeurs qui lui permet de se libérer du poids de la société, et de se sentir homme. Le nom de ce personnage, Ishmaël, est un nom biblique : « Ismaël » est le nom du premier-né d'Abraham qu'il eut de sa servante Agar ; elle est chassée avec son enfant de la maison du patriarche sous la pression de sa femme Sarah qui veut protéger les intérêts de son fils tardif, Isaac. Ce nom évoque ainsi symboliquement l'idée d'un retrait, d'un écart par rapport à la société instituée, d'un isolement qui rend possibles l'indépendance et la liberté de l'individu. Le narrateur se présente au premier chapitre du roman, en affirmant d'emblée son désir de prendre le large, d'aller en mer et de quitter la terre et sa société. Ce thème évoque ainsi ces vers de Baudelaire : « Homme libre, toujours tu chériras la mer ! / La mer est ton miroir ; tu contemples ton âme / Dans le déroulement infini de sa lame, / Et ton esprit n'est pas un gouffre moins amer. » (*Les Fleurs du Mal, Spleen et Idéal*, XIV : « L'homme et la mer »)

Herman MELVILLE (1819-1891)

Moby Dick (1851)

(trad. L. Jacques, J. Smith et J. Giono, Folio classique n° 2852)

Je m'appelle Ishmaël. Mettons. Il y a quelques années, sans préciser davantage, n'ayant plus d'argent ou presque et rien de particulier à faire à terre, l'envie me prit de naviguer encore un peu et de revoir le monde de l'eau. C'est ma façon à moi de chasser le cafard et de me purger le sang. Quand je me sens des plis amers autour de la bouche, quand mon âme est un bruineux et dégoulinant novembre, quand je me surprends arrêté devant une boutique de pompes funèbres ou suivant chaque enterrement que je rencontre, et surtout lorsque mon cafard prend tellement le dessus que je dois me tenir à quatre pour ne pas, délibérément, descendre dans la rue pour y envoyer dinguer les chapeaux des gens, je comprends alors qu'il est grand temps de prendre le large. Ça remplace pour moi le suicide. Avec un grand geste, le philosophe Caton se jette sur son épée, moi, tout bonnement, je prends le bateau. Rien de surprenant à ça. Chaque homme, à quelque période de sa vie, a eu la même soif d'Océan que moi.

Voyez votre ville dans l'île Manhattan entourée de quais comme un atoll de corail. Le commerce l'environne de sa haute écume. À droite et à gauche les rues vous mènent vers l'eau. La pointe extrême de la ville basse est la « Batterie » dont la noble avancée est lavée de vagues, rafraîchie de brises qui, il y a quelques heures à peine, ne savaient pas ce que c'est que la terre.

Regardez la foule de tous ceux qui ont envie de l'eau !

Déambulez autour de la ville par un somnolent

après-midi de dimanche. Allez de Corlears Hooks à Coenties Slip et, de là, au Nord en passant par Whitehall. Que voyez-vous ? Sentinelles silencieuses, des milliers d'hommes sont là, plantés droits, raides, en pleine rêverie océanique. Il y en a d'accoudés aux pieux, d'assis au bout des jetées ; quelques-uns, par-dessus les remparts, regardent les bateaux venant de la Chine ; d'autres encore sont grimpés en haut des mâts comme s'ils voulaient voir de la mer encore plus que ce qu'on en voit de la terre. Tous ceux-là pourtant sont des terriens enfermés la semaine durant entre des murs de plâtre, cloués aux banquettes, attachés aux comptoirs, rivés aux bureaux. Pourquoi sont-ils ici ? N'y a-t-il plus de prairies pour eux ? Que font-ils là ?
[...] Eh oui ! chacun sait que la méditation et l'eau font bon ménage.

(Chapitre I, « Mirages »)

4.

Le bruit de la conscience individuelle

Fedor Dostoïevski commence à publier *Crime et châtiment* en 1866. Selon les mots de l'auteur, « il s'agit du compte-rendu psychologique d'un crime » commis par un jeune homme exclu de l'université et vivant dans une pauvreté extrême. Le héros, Raskolnikov, décide de tuer une vieille usurière qui a pour lui moins de valeur qu'un insecte. Le romancier s'attache à montrer la maturation dans l'esprit du héros de l'idée de ce crime « justifié ». Cette idée en grandissant et en s'affermissant ne laisse place à aucune autre, et le bruit de sa pensée obsessionnelle couvre celui de la société environnante, l'enfermant inéluctablement jusqu'au crime dans sa solitude. Au début du roman, Dostoïevski, notamment par le biais du discours direct, s'attache ainsi à montrer comment l'activité cérébrale extraordinaire du personnage, provoquée et entretenue par son isolement, le conduit au crime en le coupant du reste de l'humanité. Par ce soin, le romancier donne à son héros un profil psychologique singulier et un destin unique, exemplaire.

Fedor DOSTOÏEVSKI (1821-1881)
Crime et châtiment (1865)
(trad. D. Ergaz et V. Pozner,
Folio classique n° 2661)

Par une soirée extrêmement chaude du début de juillet, un jeune homme sortit de la toute petite chambre qu'il louait dans la ruelle S... et se dirigea d'un pas indécis et lent vers le pont K...

Il eut la chance de ne pas rencontrer sa propriétaire dans l'escalier.

Sa mansarde se trouvait sous le toit d'une grande maison à cinq étages et ressemblait plutôt à un placard qu'à une pièce. Quant à la logeuse qui lui louait la chambre avec le service et la pension, elle occupait un appartement à l'étage au-dessous, et le jeune homme, lorsqu'il sortait, était obligé de passer devant la porte de sa cuisine, la plupart du temps grande ouverte sur l'escalier. À chaque fois, il en éprouvait une sensation maladive de vague effroi, qui l'humiliait, et son visage se renfrognait. Il était terriblement endetté auprès de sa logeuse et il redoutait de la rencontrer. Ce n'était point qu'il fût lâche ou abattu par la vie; au contraire, il se trouvait depuis quelque temps dans un état d'irritation et de tension perpétuelle, voisin de l'hypocondrie. Il avait pris l'habitude de vivre si renfermé en lui-même et si isolé qu'il en était venu à redouter, non seulement la rencontre de sa logeuse, mais tout rapport avec ses semblables. La pauvreté l'écrasait. Ces derniers temps cependant, cette misère même avait cessé de le faire souffrir. Il avait renoncé à toutes ses occupations journalières, à tout travail.

[...]

Ce jour-là, du reste, la crainte qu'il éprouvait de rencontrer sa créancière l'étonna lui-même, quand il fut dans la rue.

« Redouter de pareilles niaiseries, quand je projette une affaire si hardie ! » pensa-t-il avec un sourire étrange.

« Hum, oui, toutes les choses sont à la portée de l'homme, et tout lui passe sous le nez, à cause de sa poltronnerie... c'est devenu un axiome... Il serait curieux de savoir ce que les hommes redoutent par-dessus tout. Ce qui les tire de leurs habitudes, voilà ce qui les effraie le plus... Mais je bavarde beaucoup trop, c'est pourquoi je ne fais rien, ou peut-être devrais-je dire que c'est parce que je ne fais rien que je bavarde. Ce mois-ci j'ai pris l'habitude de monologuer, couché pendant des jours entiers dans mon coin, à songer... à des sottises. Par exemple, qu'ai-je besoin de faire cette course ? Suis-je vraiment capable de « cela » ? « Est-ce » seulement sérieux ? Pas le moins du monde, tout simplement un jeu de mon imagination, une fantaisie qui m'amuse. Un jeu ! oui c'est bien cela, un jeu ! »

(Première partie, chapitre 1)

Chronologie

Albert Camus et son temps

1.

Les années algériennes, les années de formation (1913-1940)

1. *Les origines modestes et le soleil d'Alger*

Albert Camus naît à Mondovi le 7 novembre 1913. Il a un frère aîné, Lucien. Ses parents, Lucien-Auguste Camus et Catherine Sintès, descendent tous deux d'immigrants français en Algérie de la première heure. Leur niveau de vie est extrêmement modeste ; employé caviste, le père cultive une terre qu'il ne possède pas. Lorsque Lucien-Auguste Camus est mobilisé en 1914, Catherine Camus quitte l'exploitation vinicole de Mondovi avec ses deux fils pour s'installer à Alger dans le quartier populaire de Belcourt, dans un petit appartement sans eau ni électricité jusqu'en 1930. Lorsque le père d'Albert Camus, blessé à la bataille de la Marne, meurt en octobre 1914, la mère est réduite à faire des ménages. Le climat algérois et la vie du quartier viennent cependant atténuer les effets de la pauvreté de la famille, Albert Camus ayant un souvenir heureux de son enfance : « La pauvreté, d'abord, n'a jamais été un malheur pour moi : la lumière y répandait ses richesses [...]. Dans tous les cas, la chaleur qui régnait sur mon enfance m'a privé de tout ressentiment» (*L'Envers et l'endroit*). À l'école primaire du quartier, qui mêle Français et musulmans, Albert Camus est remarqué par l'instituteur, Louis Germain, qui le fait travailler en dehors des heures de classe; l'écrivain lui dédiera les *Discours de Suède* au lendemain de son prix Nobel.

Albert Camus obtient une bourse pour poursuivre sa scolarité au lycée Bugeaud de 1923 à 1930. En 1930, subissant les premières attaques de la tuberculose, il doit quitter le foyer de sa mère; il s'installe chez son oncle boucher versé en littérature, Gustave Acault, qui lui fait notamment lire *Les Nourritures terrestres* d'André Gide : «Un oncle qui avait pris en charge une partie de mon éducation me donnait parfois des livres. Boucher de son état, et bien achalandé, il n'avait de vraie passion que pour la lecture et les idées. [...] Je lisais tout, confusément en ce temps-là; j'ai dû ouvrir *Les Nourritures terrestres* après avoir terminé *Lettres de femmes* ou un volume de *Pardaillan*» (*Hommage à Gide*). En 1932, Camus poursuit ses études en lettres supérieures. Il a pour professeur Jean Grenier, philosophe et essayiste, à qui il sera lié d'une amitié fidèle : il lui dédiera plus tard *La Mort dans l'âme*, *L'Envers et l'endroit* et *L'Homme révolté* et il préfacera la réédition du livre de Jean Grenier, *Îles*, paru en 1933, qui loue les vertus de la Méditerranée et qui aura eu beaucoup d'influence sur ses premiers écrits. Sous l'impulsion de Grenier, il lit notamment sainte Thérèse d'Ávila, les philosophes Schopenhauer et Nietzsche, les romanciers Dostoïevski et Marcel Proust, *Ulysse* de James Joyce. Durant cette période, Albert Camus s'éprend de

Simone Hié, jeune fille libérée et romanesque. Contre l'avis de son oncle, dont il quitte alors le domicile, il l'épouse en 1934. Leur union ne durera que deux ans.

2. *Les premiers engagements politiques et artistiques : les débuts de la carrière littéraire d'Albert Camus en Algérie*

Contre la montée du fascisme et l'accession au pouvoir d'Hitler en 1933, Camus militera au Mouvement antifasciste Amsterdam-Pleyel fondé par Henri Barbusse et Romain Rolland. Et en 1935, il adhère au parti communiste, et est affecté à la propagande dans les milieux arabes. Sensible à la cause du peuple algérien, il ne suit pas cependant le revirement du PC après 1937, et en est exclu. Albert Camus poursuit des études de philosophie à l'université tout en travaillant pour vivre, les prêts d'honneur ne suffisant pas. Il rédige en 1936 un mémoire de philosophie qui traite des rapports entre l'hellénisme et le christianisme, sa motivation étant au fond un intérêt profond pour l'identité culturelle méditerranéenne et, à travers elle, une interrogation sur sa propre identité culturelle : « je me sentais grec vivant dans un monde chrétien », a-t-il pu ainsi écrire. Pour des raisons de santé, Albert Camus est empêché de présenter l'agrégation de philosophie (1937) ; sa carrière devient alors plus littéraire que philosophique. Dans la collection « Méditerranéenne », paraît en mai 1937 le premier écrit de Camus, *L'Envers et l'endroit,* recueil de textes courts d'inspiration autobiographique. Il travaille ensuite à *La Mort heureuse,* tentative de roman manqué qui ne sera pas édité de son vivant. Il publie ensuite *Noces,* en 1939.

Avec les premiers engagements politiques, vient l'engagement théâtral et littéraire : avec quelques amis, en 1935-1936, Camus prend en charge la maison de la culture d'Alger et fonde le Théâtre du Travail où il dit d'abord faire du « théâtre d'agitation ». Puis en 1936-1937, il est engagé comme acteur par la troupe théâtrale de Radio-Alger. Il développe une réflexion sur la culture méditerranéenne pour laquelle il milite. Il devient journaliste à *Alger républicain*, le journal de Pascal Pia, ce qui lui donne un moyen d'expression supplémentaire pour se tenir informé et exprimer ses vues politiques et littéraires, étant notamment le critique littéraire du journal ; en 1938, il fait ainsi la critique de *La Nausée* de Jean-Paul Sartre, auquel il s'oppose dès ce moment, lui reprochant d'insister sur le dégoût que procure la vie pour fonder le tragique de l'existence.

Camus écrit alors la pièce *Caligula* (1939) et songe à un essai sur la notion d'absurde. Ayant arrêté de travailler à *La Mort heureuse*, il commence à cette période à prendre des notes pour un autre projet romanesque qui aboutira à *L'Étranger*.

3. *Les impasses de la carrière de journaliste en Algérie et le départ pour la France*

Jusqu'en 1940, Albert Camus est très impliqué dans son travail de journaliste « algérien » enquêtant notamment sur les conditions de vie des musulmans en Kabylie. Alors que la guerre en Europe se prépare en Allemagne, il écrit en juin 1939 dans *Alger républicain* : « Il n'est pas de spectacle plus désespérant que cette misère au milieu du plus beau pays du monde. » Cependant, en janvier 1940, *Alger répu-*

blicain devenu le *Soir républicain*, ne se pliant pas aux exigences de la censure — le journal est d'inspiration anarchiste —, ne peut plus paraître. Albert Camus se retrouve sans travail. C'est alors qu'il est contraint de quitter l'Algérie. Ce départ marque la fin d'une époque de sa vie que signale l'achèvement en mai 1940 de son premier roman mené à terme, *L'Étranger*.

1914	Début de la Première Guerre mondiale.
1926	*Les Faux-monnayeurs* d'André Gide.
	La Tentation de l'Occident d'André Malraux.
1933	Hitler accède au pouvoir en Allemagne.
	La Condition humaine d'André Malraux.
1936	Réoccupation par l'Allemagne de la Rhénanie.
	Victoire du Front populaire en France.
	Guerre civile en Espagne.
1937	Projet Blum-Violette sur le droit de vote des musulmans algériens.
1938	Accords de Munich.
	La Nausée de Sartre.
1939	Début de la Seconde Guerre mondiale.
1940	Invasion allemande en France.
	Les pleins pouvoirs au maréchal Pétain.

2.

La consécration de l'écrivain et le travail persévérant de l'homme de théâtre (1940-1960)

1. *De l'intégration d'Albert Camus dans les milieux littéraires métropolitains à sa rupture avec l'existentialisme*

Sur la recommandation de Pascal Pia, Albert Camus entre dans la rédaction de *Paris-Soir* qui se replie à Clermont. Il travaille au *Mythe de Sisyphe* qu'il termine en février 1941. De retour momentané à Oran, où il enseigne quelque temps, il prépare son nouveau roman, *La Peste,* dont le projet est inspiré de *Moby Dick,* « l'un des mythes les plus bouleversants qu'on ait jamais imaginés sur le combat de l'homme contre le mal » (« Présentation d'Hermann Melville »). C'est précisément l'époque de l'engagement nécessaire pour lutter contre l'occupant nazi. De retour en France, à l'été 1942, il prend contact avec Francis Ponge, le réseau Combat et le mouvement de Libération Nord. Il aura une activité de renseignement et de journalisme clandestin.

Les manuscrits des « trois Absurdes », *Caligula, L'Étranger* et *Le Mythe de Sisyphe,* parviennent aux éditions Gallimard via de nombreux intermédiaires. Le comité de lecture est unanime sur le roman qui sera publié en premier, en juin 1942. Le succès d'estime est immédiat ; le livre est salué par Maurice Blanchot, Jean-Paul Sartre… *Le Mythe de Sisyphe* est publié l'année suivante et achèvera de lancer la réputation de l'écrivain dans les milieux littéraires restés très actifs durant l'Occupation. Camus poursuit son travail d'écriture — *Le Malentendu* est terminé en 1943 — et continue le théâtre dans son exil : il accepte de tenir le rôle de Garcin dans *Huis clos.* Resté jusqu'alors entre la région de Lyon et la région stéphanoise, lorsque les mouvements de résistance, Franc-Tireur, Combat et Libération, fusionnent, Camus suit la rédaction de *Combat* qui s'installe à Paris en 1943. Il devient lecteur chez Gallimard et habite l'appartement d'André Gide, rue Vaneau.

Après la fin de la guerre, l'agitation nationaliste en Algérie se réveille. À l'occasion de la sévère répression de Sétif, Camus retourne en Algérie pour enquêter et se prononce pour une démocratie impliquant les musulmans, situation politique qui pourrait constituer une solution au problème colonial. Le contexte d'après-guerre — les bombes atomiques américaines en 1945, la révolte anticoloniale et la répression violente en Algérie et à Madagascar (1947) — motive sa réflexion sur la violence. Une controverse sur le sujet avec François Mauriac l'engage d'autant plus à élaborer sa pensée. C'est le point de départ de *L'Homme révolté.*

Le théâtre contribue à la reconnaissance de l'écrivain. Si *Le Malentendu* reçoit un accueil mitigé lors de sa première présentation publique aux Mathurins avec Maria Casarès en 1944, *Caligula*, monté en 1945 au Théâtre Hébertot, remporte un grand succès et révèle le comédien Gérard Philipe. La carrière dramatique de Camus se poursuit et l'amène à collaborer avec des artistes de talent comme Jean-Louis Barrault (*L'État de siège,* 1948), Serge Reggiani et Maria Casarès (*Les Justes,* décembre 1948). Cependant, durant cette période,

Albert Camus a une santé précaire en raison d'un voyage en Amérique du Sud qui l'a très affaibli.

Il réussit cependant à terminer *L'Homme révolté*. Le livre est publié en octobre 1951 et provoque une polémique retentissante dans les milieux intellectuels et littéraires qui dure plus d'un an. En découle, en 1952, la rupture avec Jean-Paul Sartre.

2. *Le travail littéraire d'un homme indépendant, récompensé par le prix Nobel, et le spectre de la guerre d'Algérie*

Albert Camus tente de continuer son travail littéraire et théâtral d'indépendant ; il travaille à *L'Exil et le Royaume* et à l'adaptation des *Possédés* pour la scène. Si cette période, notamment l'année 1954, est improductive — « Mes *Possédés* sont en panne, avec tout le reste d'ailleurs » (lettre à Gillibert) —, il publie en 1956 *La Chute*, œuvre importante, qui se distingue par son atmosphère sombre et désespérée et signale la maturité de l'écrivain. Un retour bref au journalisme (entre 1955 et 1956) est l'occasion d'une prise de conscience sur les difficultés qu'il y a à prendre publiquement position sur le problème algérien : « La vérité est que je n'avais plus rien à dire sur l'Algérie », écrit-il en 1956. La consécration de son travail par le prix Nobel de littérature en 1957 est inattendue : « J'ai reçu cette nouvelle avec plus de doute intérieur que de joie », écrit-il en novembre à Blanche Balain. Cette reconnaissance illustre semble l'engager à une réflexion renouvelée sur le conflit en Algérie. Lors de la remise de son prix, en Suède, il est pris à parti par des nationalistes algériens lui reprochant son silence publique sur la guerre. Il publie en février 1958 les *Discours de Suède* et en juin de la même année *Actuelles III*, présentant une analyse du conflit et proposant des solutions. Cet essai est passé sous silence par la presse.

Cependant, Camus travaille toujours pour le théâtre. Pour le festival d'Angers en 1957, il adapte *Le Chevalier d'Olmedo* de Lope de Vega et voit rejouer *Caligula*. Au début de 1959, il met en scène lui-même son adaptation des *Possédés*. L'écrivain voudrait prendre la direction d'un théâtre. Mais il s'efforce, d'abord avec peine, à travailler à un nouveau roman. En novembre 1959, le romancier semble avoir retrouvé son aisance, ayant rédigé une grande partie de son nouveau roman : *Le Premier Homme*.

Le sort ne lui permettra pas de terminer cette œuvre : il est tué sur le coup dans un accident de voiture près de Montereau en 1960. On retrouva dans la voiture le manuscrit du *Premier Homme* qui sera publié, inachevé, en 1994.

1943	Débarquement allié en Afrique. *Les Mouches* de Jean-Paul Sartre.
1944	Débarquement en Normandie. Libération de la France. *Huis clos* de Jean-Paul Sartre.
1945	Capitulation allemande. Fin de la Seconde Guerre mondiale. Bombes atomiques sur Hiroshima et Nagasaki.
1947	Début de la IVe République. Guerre d'Indochine. *Les Bonnes* de Jean Genet.
1948	*Les Mains sales* de Jean-Paul Sartre.

1951	Début des luttes pour l'indépendance au Maroc et en Tunisie.
	Le Diable et le Bon Dieu de Jean-Paul Sartre.
1952	*Le Vieil Homme et la mer* d'Ernest Hemingway.
1953	Mort de Staline.
	En attendant Godot de Samuel Beckett.
	Les Gommes d'Alain Robbe-Grillet.
1954	Fin de la guerre d'Indochine.
	Début de la guerre d'Algérie (jusqu'en 1962).
1956	*L'Ère du soupçon* de Nathalie Sarraute.
1958	Retour politique du général de Gaulle en France. Ve République.
1959	L'autodétermination aux Algériens.
1960	*Critique de la raison dialectique* de Jean-Paul Sartre.
1961	*Les Paravents* de Jean Genet.
1962	Indépendance de l'Algérie.

Éléments pour une fiche de lecture

Regarder le tableau

- Selon vous, quelle heure est-il ? Justifiez votre réponse par des éléments du tableau.
- Faites l'inventaire des objets que vous voyez. Cela vous aide-t-il à comprendre où se passe la scène ?
- Relevez les lignes de force du tableau. Sur qui, ou quoi, conduisent-elles le regard ?
- Donnez un autre titre à l'œuvre de Hopper.

La structure du roman

- Comment est divisé le roman ? Que peut-on dire de l'équilibre de construction du roman ?
  Le motif de la mort est déterminant dans la structure du roman. Comment établir un rapport entre le motif de la mort de la mère, le motif du meurtre et le motif de l'exécution capitale ?
- Comment caractériser la progression chronologique du roman ? Est-elle linéaire ? Ne doit-on pas parler de rupture entre les deux parties ? Que met-elle en avant ? Quel effet a cette rupture sur la progression chronologique de la deuxième partie ?

- Les deux parties correspondent-elles à une même perception du temps ? Comment progressent de ce point de vue les chapitres dans chacune des parties ? Quels sont les éléments qui permettent, dans chaque partie, de souligner le caractère *subjectif* de la perception du temps et des événements ?

Les personnages

- Quand le nom du personnage principal est-il mentionné pour la première fois ? Comment interpréter le fait que le personnage n'a pas de prénom, et seulement un nom de famille ? Est-ce un facteur qui distingue Meursault des autres personnages qui l'entourent ?
- Mais n'est-ce pas plutôt l'usage de la première personne attribué à Meursault qui le distingue et le met à part des autres personnages ? Si le récit construit à partir du flux de conscience de Meursault met une distance entre le personnage et les événements extérieurs, ce même récit n'instaure-t-il pas d'emblée une distance entre le personnage et le lecteur ? En quoi cette opacité permet-elle d'affirmer le caractère *romanesque* du personnage ? Ne vit-il pas d'une vie propre, qui s'impose au lecteur ?
- Tous les personnages du roman portent-ils des noms ? Comment caractériser des figures comme la « bizarre petite femme » du chapitre V de la première partie, l'Arabe, les deux couples au parloir, la mère et le fils et la femme et le mari, au chapitre II de la deuxième partie ? En quoi le Tchécoslovaque du fait divers (II, 2) est-il une de

ces figures ? Quel est le rapport avec le personnage lui-même qui, à la fin de ce même chapitre, fait résonner sa voix dans le silence et la solitude de sa cellule et tente de se regarder dans le reflet de sa gamelle ?

Le style

- Comment caractériser le style général du roman ? En dehors de l'usage du passé composé, qui est emprunté au langage parlé, qu'est-ce qui, dans le vocabulaire et dans la syntaxe, contribue à l'impression de simplicité ? Pourquoi, cependant, doit-on parler de style ?
- Le ton est-il le même dans tout le roman ? À quoi servent les ruptures de ton, comme celle introduite par le récit de Raymond (II, 3) ou celle du dernier chapitre où le personnage explose de colère face à l'aumônier ? De façon plus générale, n'y a-t-il pas, dans tout le roman, un usage particulier de l'adjectif épithète qui signale un point de vue singulier et une sensibilité particulière à attribuer au personnage ?
- Pourquoi a-t-on pu parler d'écriture « blanche » à propos du style choisi par Camus dans *L'Étranger* (Roland Barthes) ?

Collège

Thierry JONQUET, *La Vie de ma mère!* (106)
Joseph KESSEL, *Le Lion* (30)
Jean de LA FONTAINE, *Fables* (34)
J. M. G. LE CLÉZIO, *Mondo et autres histoires* (67)
Gaston LEROUX, *Le Mystère de la chambre jaune* (4)
Guy de MAUPASSANT, *12 contes réalistes* (42)
Guy de MAUPASSANT, *Boule de suif* (103)
MOLIÈRE, *L'Avare* (41)
MOLIÈRE, *Le Médecin malgré lui* (20)
MOLIÈRE, *Les Fourberies de Scapin* (3)
MOLIÈRE, *Les Précieuses ridicules* (163)
MOLIÈRE, *Trois courtes pièces* (26)
George ORWELL, *La Ferme des animaux* (94)
Louis PERGAUD, *La Guerre des boutons* (65)
Charles PERRAULT, *Contes de ma Mère l'Oye* (9)
Edgar A. POE, *6 nouvelles fantastiques* (164)
Jacques PRÉVERT, *Paroles* (29)
Jules RENARD, *Poil de Carotte* (66)
Antoine de SAINT-EXUPÉRY, *Vol de nuit* (114)
Mary SHELLEY, *Frankenstein* (145)
John STEINBECK, *Des souris et des hommes* (47)
Robert Louis STEVENSON, *L'Étrange Cas du docteur Jekyll et de M. Hyde* (53)
Jean TARDIEU, *9 courtes pièces* (156)
Michel TOURNIER, *Vendredi ou La Vie sauvage* (44)
Fred UHLMAN, *L'Ami retrouvé* (50)
Jules VALLÈS, *L'Enfant* (12)
Paul VERLAINE, *Fêtes galantes* (38)
Jules VERNE, *Le Tour du monde en 80 jours* (32)

Oscar WILDE, *Le Fantôme de Canterville* (22)

Marguerite YOURCENAR, *Comment Wang-Fô fut sauvé et autres nouvelles* (100)

Émile ZOLA, *3 nouvelles* (141)

Pour plus d'informations,
consultez le catalogue à l'adresse suivante :
http://www.gallimard.fr

Composition Bussière.
Impression Novoprint
à Barcelone, le 6 juin 2010
Dépôt légal : juin 2010
1er dépot légal dans la collection : février 2005.

ISBN 978-2-07-030602-2./Imprimé en Espagne.

178019